내가 제일 잘한 일

내가 제일 잘한 일

2015년 9월 18일 초판 1쇄 발행. 한국여성인권진흥원에서 기획하고, 박금선이 썼습니다. 도서출판 샨티에서 이홍용과 박정은이 펴냅니다. 홍시야가 본문과 표지 그림을 그리고, 전혜진이 본문 및 표지 디자인을 하였으며, 소연과 김다정이 마케팅을 합니다. 인쇄 및 제본은 수이북스에서 하였습니다. 출판사 등록일 및 등록번호는 2003. 2. 6. 제10-2567호이고, 주소는 서울시 마포구 성미산로16길 18, 전화는 (02) 3143-6360, 팩스는 (02) 338-6360, 이메일은 shantibooks@naver.com입니다. 이 책의 ISBN은 978-89-91075-98-6 03800 이고, 정가는 15,000원입니다.

이 책은 여성가족부의 지원을 받아 한국여성인권진흥원에서 기획하여 만들었습니다.
Women's Human Rights Commission of Korea

이 도서의 국립중앙도서관 출판시도서목록(CIP)은 e-CIP홈페이지(http://www.nl.go.kr/ecip)와 국가자료공동목록시스템(http://www.nl.go.kr/kolisnet)에서 이용하실 수 있습니다.(CIP제어번호: CIP2015024473)

내가
제일
잘한 일

박금선 지음

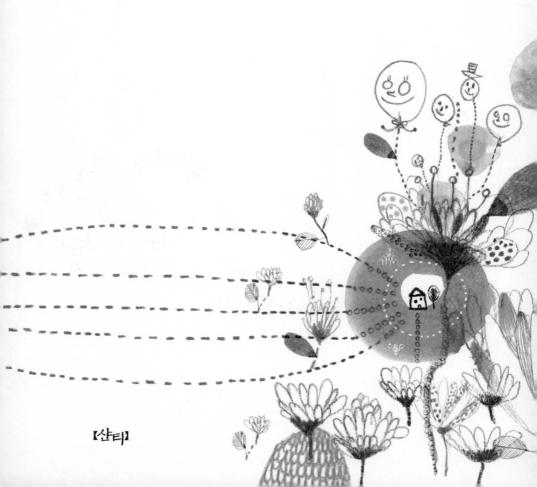

【샨티】

이 책의 내용은 인터뷰를 통해 재구성한 것으로,
책 속에 등장하는 이들의 이름과 지명은 실제와 다릅니다.

원하고 바라는 그것을 꺼내세요

이런 얘기 좋아하시나요?

포동포동 아기 천사인 당신은 하늘 어딘가를 재미있게 날아다니다가, 날개를 어깨 죽지 안에 착착 접어 넣고 인간계에 출장을 왔습니다. 출장에는 당연히 업무가 주어지겠죠? 당신의 업무가 무엇인지는 당신이 알 수도 있고, 모를 수도 있고, 모르다가 알 수도, 알 것 같다가 모를 수도 있을 겁니다.

인간계에 출장 온 우리가 수행해야 하는 업무는 한두 가지가 아니지만, 굳이 단순화해서 상상해 본다면, 누구는 인내를 배우기 위해 출장을 오고, 누구는 새로운 과학적 발견을 해야 하는 과제를 받아서 오고, 또 누구는 폭력을 사라지게 하는 임무를 받아서 왔을 수도 있습니다.

업무를 수행하는 데 필요한 도구도 주어졌어요. 도구는 당신이 받은 출장 가방 안에 들어 있습니다. 그 안에는 여러 가지 색깔을 가진 구슬이 들었는데, 구슬마다 기능이 다릅니다. 어떤 구슬은 용기, 어떤 구슬은 화, 다른 구슬은 미움, 또 다른 구슬은 감사…… 이런 식인데, 구슬은 끝없이 많고, 종류도 다양하고, 똑같은 구슬도 많습니다.

다행하고도 감사한 것은, 내가 꺼내고자 하는 구슬은 무엇이든 다 있고 무한대로 꺼낼 수 있다는 점입니다. 지금 용기가 필요해서 용기 구슬을 하나 꺼냈는데, 한 시간 후쯤 또 용기가 필요하면 용기 구슬을 또 꺼낼 수 있는 거죠. 무덥고 습도가 높고 일이 잘 풀리지 않는 어느 날, 어떤 사람은 미움이나 짜증 구슬을 연달아 꺼낼 수도 있고, 같은 날 다른 사람은 인내와 친절 구슬을 여느 날보다 더 많이 사용할 수도 있습니다. 저 역시 당신과 마찬가지로 이 세상에 출장 온 몸이라 그 구슬의 존재를 알고 있어요.

무겁지도 않고, 크지도 않고, 언제나 휴대 지참할 수 있는 이 놀라운 출장 가방을, 당신은 이미 잘 활용하고 계실 겁니다.

당신이 잠시 후에 만나게 될 이 책의 주인공들은, 성매매에서 벗어나 스스로의 용기와 의지를 가지고 새로운 삶을 살아가는 여성들입니다. 하루하루 살아가면서 자신의 삶을 잘 가꾸어가는 방법을 찾아나가고 있는 사람들이지요. 이들의 모습을 재구성한 이 기록은, 그러니까 탈성매매여성들이 요 몇 년 사이에 '특별히 자주 꺼낸 구슬'에 대한 이야기라 하겠습니다.

오늘 당신은 가방에서 어떤어떤 구슬을 꺼내셨나요? 용기, 성장, 자립, 희망, 성실, 웃음, 당당함…… 당신이 꺼낸 구슬과 이 책의 주인공들이 꺼낸 구슬은 색깔이 많이 겹칠 것 같습니다. 왜냐하면 이들의 소망은 우리 대부분이 소망하는 것과 다르지 않거든요.

우리는 평범하고 싶으면서도 한편으로는 특별하고 싶고, 많이 웃고 싶고, 즐겁게 열심히 살고 싶습니다. 가난과 폭력, 억눌림, 소외로부터는 자유롭고 싶고, 잘못된 것은 바로잡고 싶지요. 과거에 겪은 아프고 쓰린 일도 결국은 성장으로 이어질 거라 믿고 있기도 합니다.

그런 공통점을 가진 우리가 이 책의 주인공들을 만난 후에, 동시에 짠~ 하고 꺼내 들 구슬은 어떤 색일지도 기대됩니다.

이 책을 펼친 당신의 모습, 당신의 마음, 당신이 꺼내는 구슬, 당신의 숨은 날개까지, 당신의 모든 것이 궁금합니다.

2015년 가을, 박금선 올림

01

평범에 대한 고찰

여기는 홍대 앞 커피 전문점. **올리브**와 수지, 두 여성이 마주앉았다.

올리브　카페에 들어오니 시원하네요. 이렇게 수지 씨와 마주앉게 되다니 마음이 이상하네…… 조금 전까지만 해도 우리는 모르는 사이였고, 나는 동갑인 평범한 여자들과 길게 이야기 나눠본 적이 별로 없어서……

수지　평범하다…… 다른 때와 달리 좋은 뜻으로 들리네요. 보통 내 또래 여자들은, 평범하다는 소리 들으면 싫어해요. 뭔가 다들 특별하고 싶어 하죠. 평범하다는 건, 눈에 띄지도 않고, 예쁘지도 않고, 잘하는 것도 없다는 뜻으로 받아들여지기도 하거든요.

올리브　어머, 그런 뜻 아니에요. 평범하다는 건, 뭐랄까, 꿈같은 거예요. 도달하기 어려운 꿈같은 거. 화려하고 좋은 거, 빛나는 거, 아무나 가질 수 없는 귀한 거…… 평범에 대한 시각이 이렇게 다르다니 놀랍네요.

수지　대체 뭐가 평범하지 않은가요, 올리브는? 내가 보기에는 키가 좀 크고, 보기 좋은 몸매에, 서른 살의 여자 모습으로는 아주 평범한데……?

올리브 이 가방 어때요?

수지 갑자기 가방은 왜……? 예뻐요. 내 스타일은 아니지만, 가방 가게에서 요즘 앞쪽에 걸려 있는 게 그런 스타일이던데요?

올리브 그럴 거예요. 제일 많이 팔리는 걸로 달라고 했거든요. 요즘은 이렇게 사이즈가 큰 가방을 좋아하나 봐요. 넣고 다닐 것도 없으면서, 남들이 많이 든다고 하니까 나도 그냥 들고 다녀요. 가방이 너무 텅 빈 것 같아서, 세숫수건을 하나 넣었어요. 그랬더니, 적당히 부피가 있어 보이고, 무겁지도 않고 좋군요. 사실 가방 같은 거, 나는 잘 들고 다니지 않았어요. 가방을 이렇게 어깨에 메고 다니니까, 내가 평범한 여자 같지 않아요?

수지 가방을 메고 다니는 게 평범해 보인다고요? 다들 들고 다니는데 무슨 새삼스럽게?

올리브 그래요, 수지 씨에게는 새삼스러운 그게 내게는 평범이에요. 여기서 조금 더 평범한 차림을 원한다면, 지금 수지 씨처럼 소매가 없는 블라우스를 입는 거지요.

수지 그러고 보니 긴 소매를 입고 계시네요. 덥지 않으세요? 하긴 여기는 냉방이 잘되어 있으니까……

올리브 냉방 시설이 잘된 곳에 가게 될 걸 생각해서 긴 소매 옷을 입은 건 아니에요. 나는 아무리 더운 날에도 긴 소매 옷을 입어요. 민소매 옷이 나한테는…… 없어요.

수지 사면 되죠. 요즘은 패션도 일회용이어서, 싼 옷이 많아요. 싸게 사서 조금 입고 버리는 게 요즘 패션의 흐름이라고 들었어요. 의류 회사 마케팅도 그렇게 움직이고 있대요. 민소매 옷이 필요하면…… 내가 하나 줄까요? 기장이 길어서 안 입는 옷이 있는데, 네크라인에만 반짝이가 있어서, 올리브에게도 잘 어울릴 것 같아요.

올리브 아니, 옷이 없어서 안 입는 건 아니에요. 돈이 많지는 않아도 소매 없는 셔츠 하나 못 살 정도는 아니고요. 이유가 궁금하겠죠? 좀 부끄러운데…… 자, 보세요…… 소매를 이렇게 조금만

걷으면!

수지 어머…… 그건…… 팔에…… 흉터가 많아요?

올리브 네, 그래요. 양쪽 팔과 다리, 모두에 많아요. 반소매 옷을 입으면
사람들이 다 쳐다볼 정도로……

수지 아, 그래서……

올리브 그런데 이제는 팔을 드러내고 입어볼까 하는 생각도 하고 있어
요. 얼마 전에, 텔레비전에서 스포츠 뉴스를 봤는데, 차두리 선
수가 나왔더라고요. 와, 엄청나던데요, 양팔에 모두!

수지 아, 문신 얘기군요, 타투. 차두리 선수는 양팔뿐 아니라 몸에도
문신이 많대요. 인터넷에서 봤어요. 등에도 있고, 옆구리를 따라
서도 죽 이어지고…… 왜 그렇게 문신을 많이 했는지는 모르지
만, 아버지인 차범근 전 감독이 인터뷰한 걸 보니까, 부모님들은
그걸 싫어한대요.

올리브 …… 나도 그렇게 하고 싶다는 생각이 들었어요. 이렇게 흉터가

많아도 문신이 될까요?

수지   에이, 그건 아닌 것 같아요. 문신을 많이 하는 바람에, 차두리 선수는 집에서도 부모님 앞에서는 긴 소매 옷을 입고 있대요. 그러니 올리브가 문신을 양팔 가득 하면, 사람들 있는 데서는 또 긴 소매 옷을 입게 될 걸요? 거북해하는 사람이 많으니까……문신 이야기가 나왔으니 말이지, 지금은 은퇴했지만, 영국 축구 선수 중에 데이비드 베컴이라는 선수가 있는데, 엄청나게 세계적인 스타 선수예요. 그 선수는 휴대폰 광고에도 등장했으니까 얼굴 보면 아실 거예요. 그 선수도 양팔에 문신이 엄청나더라고요. 등과 옆구리에도 많고.

올리브 그 선수는 문신을 왜 그렇게 많이 했을까요? 뭘 새기고 싶어서?

수지   그건 모르죠. 뭐, 기억하고 싶은 게 있어서겠죠? 왜, 팔 같은 데 사랑하는 사람의 이름 머리글자를 새기기도 하고, 좋아하는 단어를 새기기도 하잖아요. 비슷한 마음 아닐까요? 그러고 보니 생각나는 게 또 있네. 미드 중에, 미국 드라마요, 감옥이 배경인 드라마가 있잖아요, 〈프리즌 브레이크〉라고. 그 드라마의 주인공이 엄청 잘생겼는데, 감옥에서 탈출하는 비밀 통로를 몸에 새

겼잖아요. 감옥에서는 지도를 가지고 있을 수 없고 기억하기도 어려우니까 몸에 새기고, 몸에 새긴 지도를 보면서 탈출을 시도하는 거겠죠. 또 제목이 뭐더라…… 아, 〈메멘토〉…… 〈메멘토〉라는 영화가 있어요. '메멘토'는 기억하기 위한 어떤 물건 같은 걸 말한대요. 단기 기억상실증에 걸린 주인공이 범죄에 휘말리면서, 자기가 기억하는 중요한 단서를 몸에 매일매일 새겨요. 잠에서 깨어나면 몸에 새겨진 걸 보고, 자기가 무얼 찾아 헤매는지를 기억하고 다시 전진하는 거예요.

올리브 기억하기 위해 새긴다…… 전진하기 위해 새긴다…… 어떤 의미에서는 나도 그랬던 것 같아요. 조금 다른 방향이기는 하지만, 나는 자해를 했어요. 그래서 생긴 상처예요. 왜 의자를 뒤로 **빼세요?**

수지   아, 아니에요. 그냥 더 편하게 앉으려고……

올리브 걱정 말아요. 나는 다른 사람을 해치는 스타일은 전혀 아니에요. 다른 사람을 해치지 못하니까, 내 자신을 해치고 만 걸요…… '내가 왜 이 자리에 있지? 이렇게 살고 싶지는 않았는데, 난 내가 미워……' 이런 생각이 들 때마다 내 몸을 마구…… 그게 좀 더 나아지고 싶은 마음, 전진하고 싶은 마음이었을지도 모르겠네요…… 방법은 좀 그렇지만……

수지 아, 미안해요. 내가 의자를 뒤로 뺀 게 실례가 된 것 같아요. 사과할게요.

올리브 사과라니…… 말도 안 돼요. 그리고 사과 자체가 어색해요. 나는 누군가에게 사과받은 적이 별로 없는 것 같아요. 그러고 보니 사과한 적도 꽤 오래 되었네…… 있잖아요, 나는, 하루에 골백번도 더 사과하며 지낸 적도 있어요. "잘못했어요. 용서해 주세요. 제발 때리지만 마세요……" 하면서 이렇게 두 손을 앞으로 모아 싹싹 빌면서……

수지 …… 언제요? 어렸을 때요? 맞으면서 자랐어요?

올리브 할머니한테요. 에이, 친할머니는 아니죠. 친할머니가 뭐 그렇게 매일 때리겠어요? 하긴 친할머니한테 매일 맞았다는 애도 보긴 봤어요. 내가 어렸을 때, 식모살이를 했어요. 그러니까 초등학교 6학년 때쯤……

수지   설마……

올리브   옛날 연속극 얘기 같죠? 진짜예요. 어렸을 때 얘기는 하기 싫은
데…… 사실 다 잊어버리기도 했고요. 기억하기 싫은 건 잊어
지더라고요. 하여튼 나는 어느 집에 태어났는지, 어디서 태어났
는지도 모르겠어요. 아주 어렸을 때는 입양을 여러 번 갔던 것
같아요.

수지   그럼 입양한 집에서 올리브를 다시 내보냈단 말이에요? 파양은
아이 정서에 매우 나쁘다던데……

올리브   내가 좋은 양부모를 만나지 못했나 봐요. 하여튼 여러 집을 전
전한 기억이 있어요. 그러다가 절에도 있었는데, 거기서 어느 시
골 할머니 집으로 보낸 거예요. 그 할머니는 나에게 밥 짓는 거,
청소하는 거, 빨래하는 거, 장 담그는 것까지 다 가르치고는, 매
일매일 무진장 부려먹었어요. 하루 종일 바빴어요.

수지   그건 아동 학대인데…… 요즘 같으면 그 할머니, 감옥에 갈 걸
요?

올리브 내가 살아보니까, 법도 부모 있는 애들 편이지, 나 같은 애들에게는 해당 사항이 별로 없는 것 같아요. 법이 지켜줄 만한 범위 안에 있어야 법이 지켜주지. 법의 눈에 띄지 않는 곳에서 자랐다고나 할까…… 내가 그랬다니까요. 할머니 집에서 지내다가, 이렇게 사느니 죽자 싶어서 나왔어요. 그런데 죽으려고 하니까, 내가 불쌍하고 죽기가 싫더라고요. 가출은 했는데 어디 갈 데가 있어야죠. 며칠 방황하다가 나처럼 가출한 또래 아이들을 만났어요. 그 친구들에게 술이랑 담배도 배우고…… 에이, 갑자기 옛날 생각이 나네…… 안 되겠다. 잠깐 기다려요. 나가서 담배 한 대 피우고 올게요.

수지 나는 담배 피우고 나서 피부가 많이 나빠진 것 같아요.

올리브 나도 슬슬 끊으려고 준비하고 있어요. 그런데 그게 잘 안 되네…… 워낙 일찍부터 피워서요…… 같이 나갈래요, 피우고 싶으면?

수지 아니요…… 난 아까 피워서 괜찮아요. 나는 담배 배운 지가 얼마 되지 않았어요. 남자 친구가 담배를 피워서 헤어진 적도 있는데, 내가 담배를 물게 되다니 웃기죠? 우리가 담배 때문에 이렇게 마주앉고, 이런 얘기까지 하게 되다니, 세상은 모를 일이네요. 다녀오세요……

수지   이거 한 모금 마셔보세요…… 물에다가 레몬 조각을 하나 더 넣어달라고 했어요. 물맛도 좋고, 보기도 좋고…… 기분이 좋아질 거예요.

올리브   음…… 진짜 그러네. 하지만 좀 사기스럽다…… 그냥 물인데, 레몬 조각 하나 띄워서 사기 치는 거 아니에요? 난 새콤해, 나는 향기로워, 나는 다른 물과는 급이 달라, 나는 부티 나는 물이야……

수지   에이, 기분 좋으면 되지, 뭘 그렇게까지 심각하게 생각해요? 궁금해요, 올리브는 술도 잘 마시나요?

올리브   그럼요. 맘먹고 마시면 많이 마셔요. 좋아서 마신다기보다, 그게 일이기도 했으니까요. 내가 가출한 거 얘기했던가요?

수지 네…… 부모님이 누군지 모르고, 어느 할머니 집에서 식모살이
하다가……

올리브 나는 중학교 1학년 나이에 가출한 거예요. 사람들이 왜 가출하
는지 알아요?

수지 글쎄요, 집이 싫어서? 아니면 식구 중에 누가 괴롭혀서?

올리브 그것도 맞는 말이지만, 한 마디로 집에 있는 것보다 밖에 있는
게 더 나아서예요. 더 좋아서가 아니라, 현실적으로 더 나아서.
몸과 마음이 더 편해서. 예를 들어서 집에 쌀 한 톨도 없다고 생
각해 보세요. 먹어야 하니까 먹을 걸 찾아서 나오겠죠? 만날 때
리는 아빠가 집에 있는데, 계속 맞으면 죽을 거 같다, 그럼 어쩌
겠어요? 가출을 해야지, 살기 위해서. 자살도 그런 거예요. 이 세
상에서 사는 것보다 저 세상으로 가는 게 더 나을 거 같으니까
가는 거예요. 그렇다고 자살이 좋다는 건 절대 아니고요, 그 심
정은 충분히 이해한다는 뜻이에요……

수지 그럴 수도 있겠구나. 나도 죽음을 생각해 본 적은 있어요, 죽고
싶었던 적. 하지만 구체적으로 생각해 보지는 않았어요. 그냥 막

연히 살기 싫다, 죽고 싶다, 그 정도?

올리브 그러니 부모님에게 감사하세요. 평범한 환경에 감사하라고요.
가출하면 얼마나 힘든 줄 알아요? 아마 상상도 못할 걸?

수지 그럼 그 얘기 좀 해봐요. 가출한 뒤의 얘기……

올리브 그 일도 다 까먹었어요. 잊어버리려고 노력해서 다 잊어버렸어
요. 그래도 가끔 그때 일이 꿈에 나타나고, 문득문득 생각나긴
해요. 집 나오면 제일 급한 게 뭔지 알아요?

수지 밥? 아무래도 먹어야 하니까……

올리브 아니에요. 잠자리예요. 잘 데가 없어요. 여관이나 모텔에 가자면
돈이 필요하죠. 그런데 돈은 없어요. 그럼 어떻게 하겠어요? 찜
질방? 찜질방도 돈이 있어야 가지……

수지 그럼 알바를 해야겠네…… 편의점에서라도……

올리브 자기는 진짜 단순하구나. 중 1짜리가 가출했는데, 어떻게 편의

점에서 일해요? 편의점에서는 열여섯 살 이상만 받아. 그것도
부모 동의서가 있어야 하고. 나한테 동의서 써줄 정도의 성의 있
는 부모가 있었다면 가출도 안 했지…… 그래서 나는 처음에는
노래방 알바를 했어. 쉼터 친구들이 소개해 줘서. 그 다음에는
아저씨들과 조건 만남을 한 거죠. 그러면 따뜻한 모텔에서 잘
수도 있고, 씻을 수도 있고, 돈도 받고. 그 대신 많이 괴로웠어요.
진상인 남자가 얼마나 많은지…… 으으으, 생각하면 끔찍해.

수지   아저씨들을 만났다고요? 10대에?

올리브 안 그럴 거 같지? 그런 상황이 되면 누구나 그럴 수 있어. 수지
씨도 나 같은 환경에서 태어났으면, 나랑 같은 업소에 다녔을지
도 모른다니까!

수지   …… 그랬을까요……? 그런 짓, 앗, 그런 짓이라고 해서 미안!
하여간 그런 일을 안 하려고 생각하면 안 할 수도 있지 않을까
요?

올리브 그럴 수도 있지. 막다른 골목에 몰렸다고 해서 모두 다 업소로
가는 건 아니니까. 끼리끼리 모인다고 하잖아요? 가출하면 가출

한 애들끼리 모이게 돼요. 그러면 그중에 리더인 언니가 꼭 있거든. 그 언니가 나에게 일자리를 소개해 주었던 거지. 모텔에 가라, 노래방에 가라, 이런 식으로……

수지 어린 애한테? 너무했다……

올리브 요즘도 크게 다르지 않을 걸요?

수지 하긴 얼마 전에 뉴스 보고 마음이 짠하긴 했어요. 한 여학생이 가출했는데, 젊은 남자하고 모텔에 들어갔다가 죽었대요…… 그 남자가 살해했다고 뉴스에 나왔어요……

올리브 그게 현실이라니까요…… 그래서 안전하고 좋은 청소년 쉼터가 많이 필요하다고 생각해요. 어떤 여자애가, 집안 환경이 너무 안 좋아서 가출했다 쳐요. 그 애가 성매매 같은 데 빠지지 않고 살아가려면 안전하게 보호해 주는 좋은 쉼터가 있어야 하거든.

수지 그래서 올리브는, 지금은 그런 생활을 청산했군요?

올리브 그랬다고 볼 수 있지만…… 가끔은 나도 잘 모르겠어요. 진짜

청산한 건지 아닌지. 그렇다고 그렇게 쳐다보지 마세요. 그 일을 그만두고 난 뒤에는 한 번도 안 그랬어요. 다시 돌아갈까, 하는 생각이 안 든 건 아닌데, 그래도 참았어요. 나는 여기서 사는 게, 그러니까 수지 씨처럼 평범하게 사는 게 무지 쉬울 줄 알았거든. 그런데 그게 아니더라구. 솔직히, 평범하게 사는 게 더 힘들어. 사람은 누구나 익숙한 쪽으로 가고 싶어 하잖아요. 그러니 익숙한 곳으로 돌아갈까 하는 생각을 하긴 했지. 아니, 아니, 잠깐 생각만 했다니까. 또 저런 눈으로 쳐다본다……

수지   내가 무슨 눈으로 쳐다봤다고 그래요……?

올리브   느낌이 있어요, 나는 사실 사람들이 그런 눈으로 나를 쳐다볼까 봐 제일 무서워. 어디 취직을 했다 쳐. 그런데 어느 날 내가 그런 일을 하는 사람이었던 걸 알게 되면, 사람들이 그런 눈으로 볼 거 아냐. 그래서 평범하게 사는 게 두렵다니까요.

수지   올리브가 이야기하는 것하고는 좀 차이가 있겠지만, 휴, 평범하게 사는 게 나한테도 쉽지는 않은 거 같아요. 내 수준에서는 평범한 게, 취직하고, 월급 받아서 돈 모으고, 남자 친구도 사귀고, 나중에 결혼하면 아이도 낳아 기르고…… 그러는 게 평범한 건

데 그게 잘 안 되니까요…… 취직하기도 어렵고, 학자금 대출 갚느라 돈 모으기도 어렵고, 좋은 남자 만나 결혼하기도 어렵고, 집 사고 차 사는 건 더 어렵고! 그래서 우리더러 '3포 세대'라고 부르더라고요. 연애 못하고 결혼 못하고 애도 못 낳는 세대라고. 취직 못해서, 돈 없어서! 결혼하는 게 얼마나 평범한 일이에요? 그런데 그 결혼이 어렵다니까요!

올리브 세상에, 결혼이 무슨 평범해요? 결혼은 정말 선택받은 사람만 할 수 있는 거야. 나도 결혼하고 싶어요. 그런데, 나 같은 과거를 가진 사람이 결혼할 수 있을까? 솔직하게 다 이야기하기도 그렇고, 솔직하게 이야기했다가 깨지면 어떡해?

수지 응, 올리브에게는 그런 고민이 있겠구나…… 칫, 좀 웃긴다. 지들은 여자들 찾아가서 별의별 짓을 다 하고 다니면서, 자기 아내는 남자도 별로 안 사귄 여자이기를 원한다니까!

올리브 그게 남자 심보예요. 그런데 좋은 사람도 있기는 있어…… 내가 자해를 심하게 했어요. 아주 심하게. 그런데 아는 오빠가, 나를 병원에 데려가 주고, 내가 업소로 돌아가기 싫다고 펑펑 우니까 상담소에도 데려다줬어. 혼자 찾아가기는 어렵거든.

수지   왜요? 그 일이 싫으면 그만두면 되잖아요? 그만두려면 상담소
      나 쉼터에 가면 되고?

올리브 가출한 어린 소녀의 신세가, 서른 살이 다 되도록 계속 이어진
      다고 생각해 봐요. 돌아갈 집은 없지, 생활비도 없지, 어떻게 해?
      그 짓이 좋아서 하는 사람은 없어요. 난 그런 여자는 없다고 봐.
      그리고 길들여진다고 하잖아요? 부모조차 버린 앤데, 어차피 기
      댈 데가 없는데, 어떻게 새로운 데를 떠올리겠어요? 그냥 길들
      여져서 있던 데 계속 있는 걸 택해요.

수지   하긴 다른 차원이기는 하지만, 내 일터도 그랬던 것 같네요. 부
      당한 대우를 받으면서도 악덕 사장 밑에 계속 있었어요. 다른
      회사에 갈 자신도 없고, 새로 취업 준비를 하기도 싫어서요. 취
      업 준비에만 몰두할 수 있는 환경도 아니고……

올리브 나도 그랬어요. 좋지는 않아도, 적어도 아는 세계니까 무섭지는
      않잖아요. 고통스럽기는 해도. 그런데 그 속에서 내가 나를 다치
      게 한 거죠. 그래서 거기를 나오게 된 거야. 이제 생각하니까, 자
      해한 거, 그게 행운이었어요. 잘했다는 건 아니지만.

수지   벗어날 방법이라는 게, 자기가 그냥 나오면 되는 거 아닌가요?

올리브   그럴 수도 있어요. 빚이 없다면 그럴 수도 있죠. 하지만 대부
        분은 그게 어려워요. 당장 갚을 돈이 많으니까. 그리고 그런 생
        각 자체가 안 나요. 매일매일 그냥 몸과 마음이 닫혀 있다고 할
        까…… 아웃리치라고 해서 평소에 상담소에서 업소에다가 수시
        로 홍보물을 넣어주긴 해요. 이리로 상담하러 와라, 몸 아프면
        찾아와라, 얘기하고 싶은 게 있으면 찾아와라, 억울한 일 있으
        면 도와줄게…… 휴지도 주고 사탕도 주는데, 거기 전화번호랑
        주소랑 다 적혀는 있어요. 하지만 그런 데를 어떻게 가? 그런 데
        가겠다고 하면 주인이랑 삼촌들이랑 싫어하지…… 그냥 안 둘
        수도 있고.

수지   삼촌들이라면……?

올리브   그래요, 자기도 다 알면서 뭘…… 그런 업소에는 삼촌들이 있어
        요. 우리를 지켜주기도 하고, 도망가면 잡아오기도 하는. 하여간
        그런 삼촌들이 업소마다 다 있어요.

수지   진짜 그렇구나…… 듣기는 했는데…… 그럼 요즘은 어디서 사

세요?

올리브 쉼터에서 살아요. 나, 여기 있으면서 진짜 뚱뚱해졌어요.

수지 무슨? 별로 뚱뚱하지 않아요.

올리브 15킬로그램도 넘게 찐 걸요. 이상하게 미친 듯이 먹게 되더라고
요. 그러다 보니 체형도 달라졌고, 내 마음 깊은 곳에서, 뚱뚱해
지면 업소에 가지 못한다고 생각하나 봐요. 무의식적으로 거기
안 가려고 내가 나를 뚱뚱하게 만든다고나 할까……? 수지 씨
는 취직하려고 한댔지요? 무슨 일?

수지 처음에는 공무원 시험 준비를 했는데 잘 안 되더라고요. 언제까
지 부모님에게 기댈 수도 없고, 작은 사무실에 취직했다가, 다
시 공무원 시험 공부를 했어요. 그래도 간간이 알바도 해야 했
고…… 이제는 지쳤어요. 그래서 아무데나 다시 취직하려고요.
이력서는 한 백오십 장쯤 썼나 봐요……

올리브 이력서를 백오십 장이나? 그래도 좋겠다…… 자기는 고등학교
나왔어요? 전문대? 나는 이력서에 쓸 게 없어요…… 그래도 나,

쉼터에 있으면서 중학교 검정고시에는 합격했어요. 그때는 하늘을 날 것 같았는데…… 아, 고등학교 검정고시까지는 합격해야 하는데…… 나, 그것도 준비하고 있거든요. 액세서리 공부도 하면서…… 둘 다 미래를 준비하는 과정이에요.

수지 원래 액세서리에 취미가 있었나 봐요?

올리브 에이, 아니에요…… 나 같은 사람들이 업소 일이 아닌 다른 일을 하기 위해서 선택할 수 있는 게 몇 가지 있어요. 우리를 도와주는 상담소나 쉼터 같은 데서, 우리가 혼자서도 살아갈 수 있도록 지원해 주는 거죠. 그런데 액세서리나 미용, 요양보호사, 발 마사지…… 그런 정도지, 다양하지가 않아요. 나도 공장에도 다녀보고, 미용, 요양보호사 공부도 해봤는데, 다 안 맞았어요. 그중에 내가 제일 잘할 것 같은 걸 골랐는데, 이렇게 액세서리 회사에서 인턴해 본 경험으로 어디 취직이나 할 수 있을까 싶고, 답답해요. 선택할 수 있는 게 다양하면 얼마나 좋을까?

수지 그럼 올리브는 뭐가 하고 싶은데요?

올리브 그걸 알면 내가 이러고 있겠어요? 나는 뭘 선택해 본 적이 별로 없잖아요. 기껏 선택해 본 거라곤 가출뿐인걸.

수지   무슨 말씀이세요? 업소 일을 그만두는 선택을 했잖아요? 그것
도 10년씩이나 하던 일을 그만두는 선택! 듣고 보니, 그건 엄청
난 선택인 걸요? 아무나 못하는 선택이잖아요……

올리브   그런가……? 하긴 선생님들도 잘했다고는 하시더라고요. 마음
은 있어도 나오지는 못하는 경우가 더 많긴 하니까 중요한 선택
을 하긴 했지요.

수지   그럼요. 자랑스러워해도 돼요……

올리브   가끔은 자랑스러운데, 자랑할 수 없다는 게 흠이에요. 내가 성매
매업소를 그만두었다고 길거리에서 자랑하면, 사람들이 날 어
떻게 보겠어요? 자랑스럽지만 자랑할 수는 없지……

수지   그건 그렇겠다…… 하지만 본인은 알잖아요. 어려운 선택을 했
고, 자랑스러운 선택을 했다는 걸 본인은 알고 있잖아요. 그러니
까 그걸 혼자 자랑스럽게 생각하면 될 것 같아요. 남들이 알아
주는 것보다 나 자신이 알아주는 거, 그게 더 중요하대요.

올리브 맞아요. 그리고 쉼터에 같이 있는 동생들이나 선생님들은 나를 자랑스러워하세요. 그런데 그게 부담도 돼요. 액세서리 쪽은 내가 우리 쉼터에서 거의 처음으로 나가는 거거든요. 그러니까 기대가 큰데, 마음같이 쑥쑥 진도가 잘 나가는 것도 아니고…… 지원받을 수 있는 기간은 2년 정도인데, 그 안에 내가 무언가를 해내고 자리 잡을 수 있을까 걱정이 많아요. 지금 내가 인턴하면서 한 달에 60만 원 받아요. 그 60만 원에서 70퍼센트는 무조건 저금을 해야 해요. 그 다음 이것저것 떼고 나면 6만 원으로 한 달을 살아요.

수지 겨우 6만 원으로? 중학생도 그 돈으로는 못 살겠다. 휴대폰 통신비도 다 못 내겠어요……

올리브 그러니까 힘들다는 거예요. 그렇게 알뜰살뜰 쪼개서 쓰고, 사고 싶은 게 있어도 참고 그러는 게 평범해지는 공부라는 건 알겠는데, 그 공부가 참 어렵네요……

수지 보기에는 나랑 비슷한데, 와, 대단하시네요. 의지가 대단하세요. 내 생각에는, 업소를 그만두고 나온 것도 대단하지만, 지금 생활해 나가는 모습이 더 대단한 것 같아요. 자기를 이기는 과

정이잖아요. 이 세상에서 제일 어려운 게 자기를 이기는 거라
잖아요. 쓰고 싶은 거 쓰지 않고, 돌아가고 싶지만 돌아가지 않
고, 유혹에 빠질 때도 있지만 넘어가지 않고, 그것보다 더 위대
한 일이 어디 있어요?

올리브 엥, 쑥스럽게…… 위대할 거까지는 없고요…… 하여간 돈이 많
이 부족해요. 뭔가 다른 일을 하면서 살아보려고 거기에서 나왔
다가도, 현실이 너무 열악하고 쪼들리니까 혼자 힘으로는 버티
기가 어려운 거 같아요. 우리같이 업소 일을 하던 사람들이 성
매매가 아닌 다른 일을 하면서 자기 삶을 꾸려나가는 것을 '자
활'이라고 하거든요. 그런데 사람들 시선도 두렵고, 몸도 아프
고, 마음도 아프고, 가진 것도 없는 우리가 자활을 한다는 건 매
우 어려운 일이에요. 그러니까 내 생각에는, 안심하고 시도해 볼
수 있는 일자리들이 더 많아서 돈도 벌 수 있으면 훨씬 좋을 것
같아요.

수지 자활이라…… 자활이라는 말, 듣고 보니까, 참 좋은 단어네요.
한자로 쓰면 '스스로 자自'에 '살 활活' 자잖아요. 스스로 자기 자
신을 꾸려가며 산다는 게 얼마나 중요한 일이에요? 나도 아직
그렇게 못하고 있지만, 올리브나 나는 물론이고, 세상 모든 사

람의 목표가 결국은 '자활'일 것 같아요!

올리브 그렇게 따지니까 그렇기도 하네요. 사실 이렇게 내 과거를 남에게 이야기할 수 있는 것도 나에게 '힘'이 생겼다는 뜻일 수 있겠죠. 스스로 살아갈 수 있는 힘이요!

수지 벌써 나한테 과거를 얘기했잖아요, 정말 자활한 거네요!

올리브 아이 참! 들어봐요. 또 내가 생각하는 자활은 이런 가방 들고 평범하게 출근하고 퇴근하고, 여름에는 평범하게 민소매 옷도 입고, 조금 더 욕심내면……

수지 조금 더 욕심내면?

올리브 에이, 이건 좀 자신 없는데……

수지 말해 봐요…… 그런 말도 있어요, 말하는 대로 이루어진다는…… 말에는 어떤 힘이 있대요. 그러니 얘기해 봐요, 그 욕심나는 거, 말하면 말하는 대로 이루어질지도 모르죠.

올리브   …… 나는요, 평범이라는 말을 떠올리면, 세 사람이 떠올라요. 어떤 엄마랑 아빠가 있고 그 가운데 어린이가 있고, 셋이 손잡고 가는 장면이요.

수지   에이, 난 또 무슨 대단한 건 줄 알았네…… 올리브도 그러면 되잖아요. 결혼해서 아기도 낳고 셋이 그렇게 손잡고 다니면 되겠네!

올리브   아 참, 여태 얘기했는데도 또 이러시네…… 내가 평범해지려면, 다시 태어나는 수밖에 없는 것 같아요. 그렇지만 내가 이제 와서 다시 태어날 수는 없잖아요. 그게 나한테는 쉬운 일이 아니라니까요.

수지   쉽지 않으니까, 노력하는 거잖아요.

올리브   맞아요. 수지 씨 말이 다 맞아요…… 맞긴 맞는데…… 거기까지 도착할 수 있을까, 가끔 두려워요. 중간에 내가 되돌아갈까 봐……

수지   그건 걱정 마세요. 내가 올리브를 보니까, 돌아가진 않겠어요.

왜냐하면 스스로 경계를 하잖아요. 아, 잠깐만요…… 그게 어딨더라. 아, 여기 있다! 이거 가져요!

올리브 그건 펜슬 아니에요? 아이라인 그리는 펜슬!

수지 그래요, 내가 얼마 전에 산 건데, 이게 싸고 품질도 좋더라고요. 이거 가져요. 마음이 흔들리거든, 이걸로 눈썹을 그리든 아이라인을 그리든 그려요. 그 다음에 거울 속 두 눈을 보면서 이야기하는 거예요. 눈 똑바로 뜨고 살아가자. 내가 선택한 대로 스스로 살아가자!

올리브 눈 똑바로 뜨고 살아가자. 내가 선택한 대로 스스로 살아가자!

수지 어머, 나 좀 봐. 누가 누구를 가르치고 있담? 그 말은 실은 내가 나한테 하고 싶은 말이에요. 나도 눈 똑바로 뜨고 자립해야 하거든요.

올리브 이거 받아도 되나……?

수지 비싼 거 아니라니까요…… 커피 한 잔 값이에요.

올리브 이런 걸 주니까, 내가 미안하잖아요. 나는 뭘 줄까…… 아, 이거
　　　　줄게요. 내가 어제 만든 액세서리에요……

수지 휴대폰 고리인가 봐요. 귀엽다!

올리브 휴대폰 고리도 되고, 이걸 USB에다 매달고 다니기도 하더라고
　　　　요. 그러면 다른 친구들 것과 구분도 되고 예쁘다고……

수지 고마워요…… 소중하게 잘 쓸게요……

올리브 앗, 우리가 이야기한 지 벌써 두 시간이 넘었네요……

수지 괜찮아요. 시간이 이렇게 빨리 지나간 줄도 몰랐는걸요. 재밌었어요.

올리브 내가 저쪽 길에 퍼질러 앉아 담배 피우고 있을 때, 담배 하나 줄 수 있냐고, 말 걸어준 거 정말 고마웠어요. 그리고 "도와드릴까요, 무슨 일 있으세요?" 그 말도 처음 들어봤는데, 이상하게 아늑해지면서 기분이 좋아졌어요. 그래서 나랑 두 시간만 있어달라고 부탁한 거예요.

수지 나는 오늘 그냥 울적했어요. 아니, 그냥은 아니죠. 취직은 해야 하는데, 잘 안 되고, 남자 친구는 떠났고…… 부모님에게는 면목이 없고…… 그래서 무작정 걷고 있었어요. 일종의 방황이죠. 이런 방황은 방황도 아니라고 하겠지만, 내 수준에는 이게 방황이에요. 그런데 올리브가 거기 앉아 있는 걸 보는 순간, 나처럼 갈 데가 없나, 무슨 고민이 있나 싶기도 하고, 얼굴을 잔뜩 찌푸리고 있는 게 혹시 다리를 다쳤나 싶기도 하고…… 나도 평소 같으면 모르는 사람에게 말 걸고 그러지 않아요. 그런데 올리브가 어디서 본 듯한 사람 같기도 하고…… 아, 나도 왜 그랬는지 정확하게는 모르겠다!

올리브 아하! 알았다. 수지 씨가 그랬구나, 누군가가 수지 씨한테 말 걸어주기를 바라는 마음이었던 거야…… 그러니까 수지 씨 눈에 내가 보인 거지. 뭐 눈에는 뭐만 보이고, 원래 선물도 자기가 갖고 싶은 걸 다른 사람에게 준다면서요……

수지 그럼, 내가 선물을 받고 싶었나 보네요…… 누군가가 말을 걸어주는 선물……

올리브 자기가 바라는 그 선물을 나한테 준 거고!

수지 그럴 수도 있겠다……

올리브 얘기 들어줘서 고마워요……

수지 나도 마찬가지예요. 내 얘기 들어줘서 고마워요.

올리브 우리 촌스럽게 연락처 같은 거 주고받지는 맙시다. 우연히 만나면 만나고, 안 만나도 좋고!

수지 크! 쿨한 영화 주인공 같네요……

올리브 주인공이라고 생각하며 살려고는 하는데, 내가 만나는 선생님들…… 자활을 도와주는 선생님들 말이에요, 그 선생님들이 인생의 주인공이 나 자신이라고 자꾸 자신에게 말해주라고는 하더라고요. 하지만 연습해도 그게 익숙해지지는 않아요. 거울을 보고 만날 연습한다니까!

수지 거울 보고 "나는 주인공이다!" 외친다고요? 주먹 불끈 쥐고?

올리브 (끄덕끄덕) 어떤 때는 내가 꿈꾸는 대로 액세서리 강사가 돼 여기저기 강의하러 다닐 수 있을 것도 같고, 어떤 때는 이렇게 버둥대다가 말 것도 같고……

수지 그건 나도 그래요. 이러다가 취직도 제대로 못하고 비실비실거리면 어쩌나 싶고…… 그래도 올리브는, 나보다 뭔가를 많이 한 것 같아요. 뚜벅뚜벅 걸어가는 게 보인다고 할까……

올리브 우리가 사는 세상이 다르긴 하지만, 이해해 줘서 고마워요. 이제
수지 씨 시간, 그만 뺏어야겠다. 잘 가요, 평범한 수지 씨……!

수지   그래요, 주인공…… 평범을 꿈꾸는 주인공, 잘 가요!

02

엄마와 내 안에 있는
괴물에게 커피 한 잔

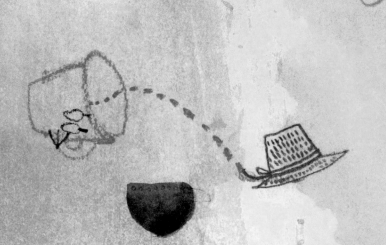

엄마, 여기 와줘서 고마워.

엄마가 검정고시 끝나고 전화하라고 했는데, 전화하기가 싫더라. 그래서 여기서 만나자고 문자 보낸 거야. 엄마, 내가 미리 문자 보낸 대로, 지금부터 아무 말도 하면 안 돼. 나 혼자만 얘기하고 엄마는 듣기만 하는 거야. 오늘만, 오늘만 그렇게 해줘.

여기 어때? 나무 의자랑 나무 테이블이랑 맘에 들지? 저기 문 옆에 있는 게 커피나무야, 진짜 커피나무. 나는 여기서 커피에 대해 공부도 하고 커피 내리는 실습도 해.

엄마가 지금 제일 먼저 묻고 싶은 말은 "시험 잘 봤어?" 이 말이지? 엄마가 가장 궁금해 할 테니 대답을 할게. 잘 봤어. 모든 과목 다! 합격은 문제없을 거야. 그래도 엄마는 만족스럽지 않지? 알아, 수석 합격쯤 해야 엄마가 만족할 거라는 거.

내가 작년 8월에 시험을 봐야 했는데, 자퇴한 지 6개월이 안 돼서 시험을 못 봤잖아. 겨우 닷새 차이 때문에 시험을 못 본다고 생각하니 엄청 슬펐어. 빨리 시험 보고 빨리 합격하고 싶어서 학원에도 다니고 대안 학교에도 다니며 공부했는데, 8개월이나 손해 본 기분이었어.

물론 그만큼 오래 공부했으니까 꼭 손해는 아니지 뭐. 그리고 내가 열아홉 살이니까, 평범한 애들로 치면 고 3이잖아. 지금 검정

고시 봐도, 다른 애들보다 6개월은 빨리 가는 거야. 그러니 엄마
가 다그치지 좀 말았으면 해.

엄마가 조급해하니까 나도 초조해지는 거 알아? 엄마가 나한테
조급증을 전염시켰다구. 필요한 참고서가 생기면 선생님한테도
"무조건 오늘 마련해 주세요, 꼭 오늘요" 하고 조르는 애가 나라
니까. 하지만 이제 나는 좀 천천히 갈 거야.

대학교도 1~2년 늦게 가더라도 천천히 가려고. 내가 하고 싶은
것을 찾아내서 천천히. 빨리 가는 게 중요한 게 아니라, 천천히
가도 하고 싶은 걸 찾는 게 더 중요하다는 걸 알았기 때문이야.
어떻게 알았냐고? 커피가 가르쳐줬어, 커피가.

❧

엄마를 여기로 오라고 한 건, 엄마를 보고 싶기도 하고, 내가 만
든 커피를 대접하고도 싶어서야. 엄마한테 무슨 커피를 드릴까
생각해 봤어. 엄마는 연하면서도 좀 쓴 커피를 좋아하니까 콜롬
비아로 골랐어.

커피 체인점에서는 치익~ 소리를 내는 에스프레소 머신에다가
갈아놓은 원두를 넣고 커피를 추출하는데, 나는 오늘 엄마에게
핸드 드립 커피를 드릴게. 엄마한테 드리는 첫 커피니까 정성을
들이고 싶어서야.

이 유리 그릇이 드리퍼야. 만져봐. 따뜻하지? 내가 미리 데워놓

왔어. 여기다가 종이 필터를 넣고, 갈아놓은 커피를 담아서 이렇게 물을 떨어뜨리면 커피가 내려져. 성질 급한 엄마가 보기에는 답답하지? 답답해도 참아. 이렇게 한 방울씩 떨어뜨려야 커피 입자에 물이 충분히 스며들어서 커피가루가 불어. 그래야 맛이 풍부해지거든.

세상에 쉬운 일은 하나도 없나봐. 이렇게 물 붓는 게 얼마나 어렵다고. 한 방울씩 똑똑, 일정한 간격으로 떨어지게 하려면 내가 하고 있는 것처럼 팔을 든 채 높이를 계속 유지해야 돼. 처음에는 팔도 떨어져나가는 것 같고, 마음이 급해서 잘 안 됐는데, 지금 내 폼 어때? 진짜 바리스타 같지? 커피 향 퍼지는 거 느껴져?

엄마, 나도 대학에는 꼭 갈 거지만, 웬만한 대학에 가도 엄마는 "잘했다, 축하한다" 그런 말 안 할 거라는 거 알아. 유명한 대학 아니면, 합격해도 합격한 걸로 치지도 않을 거잖아. 내가 이렇게 따지면 엄마는 늘 말하지. "나처럼 살지 말라고 그러는 거야!"라고.
왜 자꾸 그렇게 말해? 엄마처럼 사는 게 뭐 어때서?
나는 엄마가 대학을 나오지 않았다고 해서 창피하거나 이상했던 적 한 번도 없어. 그리고 엄마가 대학에 가지 않아서 잘 못 산다고 생각한 적도 없어. 내가 보기에 엄마는 지나치게 똑똑한 거 같아. 아빠랑 같이 살기에는 아까울 정도로.

엄마, 거품 커지는 거 보이지? 물이 원두에 닿으면 이렇게 거품이 생기는데, 거품이 커지면 잠시 멈추었다가 다시 물을 내려야 해. 이번에는 아주 가는 물줄기를 유지하면서. 정말 인내가 필요하다니까. 그래서 나, 이거 배우면서 성질 진짜 많이 죽였어.

엄마도 지금 성질나지? 말 안 하니까 답답하지? 그래도 참아. 약속대로 엄마는 오늘 한 마디도 하면 안 돼. 왜냐하면 엄마는 내 말을 중간에 가로막고 폭풍 잔소리를 늘어놓을 게 뻔하기 때문이야.

엄마가 그랬지, 엄마는 공부 굉장히 잘했다고. 그 말이 맞나봐. 이모도 그렇게 말하더라. 엄마가 공부를 너무 잘해서, 동생인 이모는 비교당해서 피곤했다고. 그런데 엄마가 고3 때 뒤늦은 사춘기가 와서 방황했다고. 그러더니 대학에도 떨어졌다고. 그래서 불행해졌다고.

그런데 이모 말에 나는 반대야. 엄마가 불행해졌다고 생각하지 않거든. 엄마는 "내가 대학만 나왔어도 이렇게 살지는 않을 거야" 하고 자주 말하지만, 대학 나와도 잘 못 사는 사람이 수두룩한 걸. 그건 누구나 다 아는 사실이야. 물론 엄마가 내 친아빠와 이혼한 건 좋은 일이 아닐 수 있지만, 대학 나왔다고 이혼 안 하는 건 아니잖아. 이혼은 불운한 일이지 불행한 일은 아니잖아. 불운한 일은 얼마든지 행운인 일로 바꿔나갈 수 있다고 생각해. 불행한 결혼 생활을 한 사람 중에는 이혼한 다음에 오히려 행복해진 사람도 많다잖아. 헐, 이런 말을 하다니 내가 갑자기 어른이 된 것 같네.

자, 커피가 다 내려졌습니다. 이제 드세요. 향을 음미하면서. 아주 뜨겁지는 않아. 90도쯤에 맞추었거든. 커피를 끓인다고 말은 하지만, 물처럼 100도로 펄펄 끓이는 건 아니야. 끓였더라도 조금 식히는 게 중요해. 커피를 공부해 보니까, 커피의 비슷한 말은 '인내'더라니까.

엄마 마음에 들었구나? 그럴 줄 알았어. 나도 처음에는 엄마처럼 약간 쓴맛 나는 커피가 좋았는데, 요즘은 신맛 나는 커피가 더 좋아졌어. 그건 취향이니까 더 좋고 덜 좋고는 없는 거야.

내가 마실 커피도 뽑을게. 에스프레소 머신으로. 나는 에스프레소 머신이 좋아. 분쇄한 원두를 높은 온도와 높은 압력으로 짧은 시간에 추출하는 방법이야. 성질 급한 나한테 잘 맞아. 그리고 에스프레소는 무얼 넣느냐에 따라 변신이 가능하거든.

에스프레소에 물만 타면 아메리카노가 되고, 우유를 타면 카페

라떼가 되고, 코코아와 우유를 섞으면 카페모카가 되고, 차갑게 먹고 싶으면 얼음 간 것과 우유를 넣어서 프라푸치노를 만들 수 있지. 나는 에스프레소가 되고 싶어. 진하지만 얼마든지 새롭게 변신할 수 있는 에스프레소. 나는 속 시원하게 아이스 아메리카노나 마셔야겠다.

있지, 엄마, 나는 평소에도 아이스 아메리카노를 제일 자주 먹는 것 같아. 왜냐하면 내 속에 뜨거운 괴물이 살거든. 그 괴물은 열을 내면서 마구 뛰쳐나가려고 하거나 뭐든 뒤집어엎으려고 할 때가 많아. 그래서 얼음이 자주 필요해. 아이스 아메리카노를 부어주면 내 안에서 난폭하게 굴던 불타는 괴물이 치익~ 소리를 내면서 꺼져버려. 물론 얼음 정도로 안 될 때도 많지.

엄마, 우리 커피로 건배할까? 엄마를 위해, 그리고 내 안에 있는 괴물을 위해!

있지, 엄마…… 나는 엄마가 나에게 갖는 집착이 다른 엄마들보다 지나치다고 생각해. 그러니까 엄마의 슬픔과 엄마의 괴로움이 나를 사랑하기 때문만은 아니고, 내가 엄마 뜻대로 자라지 않은 배신감이 더 커서라는 거지. 그렇게 째려보지 마. 내가 그렇게 느꼈다니까.

엄마는 또 "애가 순 입만 까져서……" 하고 말하고 싶지? 나도 내가 말을 잘한다는 건 알아. 다른 애들도, 선생님들도 다 그렇게 얘기하니까. 엄마는 모범생 딸을 갖지는 못했지만 말 잘하는 딸을 가진 건 분명해. 내가 말로 먹고사는 사람이 될 수도 있으니까, "쪼그만 게 입만 까져가지고……" 그런 말은 하지 말아 줘. 말을 못하는 것보다는 잘하는 게 나은 거 아냐?

엄마, 이것 좀 봐. 이게 커피나무에서 딴 커피콩이야. 녹색도 아니고 연두색도 아니고, 색깔 참 이쁘지? 진짜 콩 같지? 이 커피콩을 잘 볶으면 저기 있는 갈색 원두가 되는 거야. 여기 와서 생두를 처음 봤을 때 눈물이 핑 돌았어. 다른 나라에서 물 건너온 생두가 전혀 낯설지 않고 어디서 많이 본 것 같았어. 마치 아기 같더라고. 어렸을 때의 나를 보는 느낌?

우리는 이 생두를 쌓아놓고서, 썩거나 너무 작거나 벌레 먹은 거, 곰팡이 난 거, 그런 걸 다 골라내. 맛있는 커피를 만들기 위해 좋은 생두만 고르는 거야. 생두를 고르면서 내가 얼마나 울었는지 알아? 나도 이렇게 예쁜 생두였는데, 흠도 없고 쭉정이도 아닌데, 누군가가 실수로 나를 골라내서 멀리 던져버린 것 같은 느낌이 들었거든. 향기로운 커피가 되어야 하는데, 그럴 기회를 박탈당한 것 같아서, 그래서 눈물이 났어.

엄마, 초등학교 3학년 때, 내 성이 갑자기 바뀌었던 거 생각나?
그래, 아빠 성으로 내 성이 바뀌었잖아. 엄마는 내가 어리니까
아무것도 모를 거라고 생각했겠지만, 갑자기 성이 바뀌자 나는
혼란스러운 와중에도 뭔가 알겠더라고. 나는 김 가인데 아빠는
박 씨, 유치원 다닐 때나 초등학교 1, 2학년 때도 나는 그게 좀
이상했어. 그런데 아빠랑 성이 왜 다르냐고 물으면 안 될 것 같
더라고, 우리 집 분위기가……

그런데 그거 알아? 3학년 때 내 성이 공식적으로 박 가로 바뀌
자, 아빠 딸이 아니었던 내가 서류상으로 아빠 딸이 됨과 동시에
아빠가 더 멀게 느껴진 거? 성을 받았는데 왜 거리가 더 멀어졌
는지 지금도 설명하기는 어려운데 하여튼 그랬어. 김 가이던 내
가 갑자기 박 가가 되자 담임선생님도 이상하게 쳐다보는 것 같
고 친구들도 이상해했어. 내 짝 남자애가 뭐랬는지 알아? "너 주
워온 애지? 너 고아원에서 데려왔지?" 그랬어.

나는 엎드려서 울었고 그 남자애는 선생님한테 혼났어. 그런데
그 바람에 다른 애들도 내 성이 바뀐 걸 알게 되었고 나를 은근
히 따돌리는 게 느껴졌어. 반에서 빙빙 겉도는 애가 된 거지. 그
렇게 성을 바꿀 거면 전학이라도 시켜주지 그랬어? 엄마가 너무
무심했어. 요즘 애들이 얼마나 똑똑한데 그것도 모르겠어?

똑똑한 엄마가 그런 것도 생각 안 했어? 나를 사랑하기는 했어? 성이 갑자기 바뀐 어린 내가 어땠을지 생각해 보기는 한 거야? 전학을 시켜주지 않을 거면, 나에게 설명이라도 잘 해주지 그랬어? 엄마는 나한테 하나도 설명하지 않았잖아. 아무도 말해주지 않았지만, 어려도 내가 짐작은 했어. 나에게 친아빠가 따로 있다는 것과, 내 기억에도 없을 만큼 두 사람이 일찍 헤어졌다는 걸. 엄마가 그때 차라리 나를 붙들고, 이러저러해서 엄마가 내 친아빠랑 이혼했고 새 아빠와 재혼했는데, 이제야 서류 정리가 돼 늦게나마 새 아빠 성을 따르게 된 거라고 설명해 주었더라면, 나는 엄마를 이해했을 거야. 초등학교 3학년이면 아주 어리지도 않아. 엄마가 이해해 달라고 했으면, 나는 엄마를 사랑하니까 분명 이해했을 거야. 그랬으면 내가 외롭지도 않았을 거야.

있지, 아무래도 그래서 내가 게임에 빠지게 된 것 같아. 엄마는 "핑계 대지 마! 그럼 부모가 이혼한 애들은 다 게임 중독에 걸린단 말이니?" 하고 소리치고 싶겠지? 핑계라고 생각해도 할 수 없어. 나는 그렇게 생각하니까.
엄마, 나는 맨날 맨날 혼자 있었던 것 같아. 엄마와 아빠가 그때는 장사를 했으니까 밤이고 낮이고 바쁘다는 걸 알지만, 그래도 왜 나를 혼자 두었어? 집 밖에도 못 나가게 하고, 공부만 하라고 하고, 밤새도록 혼자 있게 하니까, 내가 컴퓨터밖에 할 게 없잖아. 나도 처음에는 '게임을 조금만 하고 컴퓨터 꺼야지' 하고 생각했어. 그래서 게임을 조금만 하고 컴퓨터를 끄고 자려고 누웠는데, 천장에 컴퓨터 화면이 막 나타나는 거야. 그리고 화면이 저절로 움직이면서 게임이 진행되는 거야. 그러면 나는 벌떡 일어나서 컴퓨터 앞으로 갔어. 외로워 죽겠는데 재미있는 게임이 같이 놀자고 부르면 어떻게 안 달려가겠어? 그래서 새벽까지 컴을 한 거고, 그러다가 게임 중독이 된 거야.

엄마는 나한테 그랬지. "뭐가 부족해서 가출한 거니? 내가 널 얼마나 아끼는데, 니가 뭐가 부족해?"

엄마가 그렇게 따지면 할 말은 없어. 나는 굶은 적도 없고, 옷이 없는 것도 아니고, 집이 없는 것도 아니고, 내 컴도 따로 마련해 줬고, 내가 미술 좋아하니까 미술 학원에도 보내줬고…… 그런데 엄마, 나는 이상하게 뭔가가 늘 부족했어. 그건 외롭다는 느낌 같은 거야.

게임 때문에 엄마랑 맨날 맨날 싸우면서 중학생이 되었지. 그렇다고 내가 공부를 안 한 건 아니라는 거, 엄마도 인정하지? 하긴 내가 공부까지 못했으면 엄마는 나를 그냥 두지도 않았을 거야.

엄마, 나는 동생을 사랑해. 진짜야. 그것부터 분명히 해두고 가출 얘기를 해줄게. 내가 중학교 1학년이 되었을 때 동생이 태어났잖아. 나랑 열세 살 차이나는 동생. 동생은 어찌나 대단한 아기인지, 그렇게 자주 싸우던 엄마 아빠가 더 이상 싸우지 않더라. 나도 동생이 귀여워. 그런데 그거 알아? 엄마랑 아빠는 동생만 쳐다보고, 동생만 이뻐하고, 나한테는 무관심했던 거?

"내가 언제? 내가 너를 얼마나 아꼈는데!" 하고 엄마가 말해도 소용없어. 내가 그렇게 느꼈다니까.

내가 놀다가 일부러 늦게 들어온 날도 여러 번이었는데, 엄마 아빠는 내가 들어온 것도 모르고, 늦었다는 것도 모르고, 아기만 들여다보고 있었어. 아기가 태어나기 전에는 나더러 일찍 들어오라고 하고, 꼼짝 말고 집에 있으라고 했으면서, 아기가 태어나자 아예 내가 없는 것처럼 행동하더라니까. 그런 일이 반복되니까, 내가 없으면 엄마랑 아빠랑 아기랑 더 행복할 거 같았어. 나는 '그래, 내가 없어져줄게. 그러면 될 거 아냐!' 하고 소리쳤어. 아니, 속으로만 소리쳤다고.

처음 가출하던 날, 나는 집을 나와서 버스를 타고 시내로 나갔어. 배가 고파서 일단 떡볶이를 사 먹으면서 어떻게 할까 고민하다가 친구한테 전화를 했어. '니네 집에 가서 놀고 싶다'고 하니까 오래. 갔더니 개네 엄마 아빠가 다 계셨어. 나는 생각나는 대로 거짓말을 했어. "부모님이 시골에 제사 지내러 가셨어요. 혼자 자야 하는데 무서워서 친구랑 같이 자려고 왔어요……" 급하니까 거짓말이 술술 나오더라고.

그런데 곧 기분이 나빠졌어. 개네 엄마 아빠가 개한테 너무 잘해 주는 거 있지? 쫌 노는 앤데도 뭐라고 안 하고, 사랑하는 게 눈에 보이더라고. 심술이 났어. 개가 지네 엄마 아빠한테 사랑받는 게 싫더라고. 나도 노는 애고 개도 노는 앤데, 개는 왜 부모한테 사랑을 받는 거지? 나는 사랑 못 받는데? 억울하다는 생각이 들었어. 그래서 밤 11시가 넘고, 그 애 부모님이 주무시는 것 같아서 개를 꼬셨어. 나가서 놀자고. 밤에 싸돌아다니자고. 그래서 둘이 한밤중에 거리로 나왔지 뭐. 그러고 나서 내가 석 달 만에 집에 들어갔지, 아마?

첫 가출치고는 쫌 세게 한 것 같아. 그때부터 내 가출 인생이 시작된 거야. 처음 가출했을 때는 재미있었어. 다른 애들이 먹을 거나 돈 훔칠 때 망봐 주는 것도 스릴 있고, 어른이 된 것 같고, 뭘 해도 뭐라고 하는 사람이 없으니 자유롭고……

그런데 시간이 지날수록 외로웠어. 아무도 보호해 주지 않는 느낌? 나만 사람들 사는 세상과 동떨어져서 얼음 섬에 갇혀 있는

것 같았어. 추웠어. 가출하면 사실 갈 곳이 없어. 중 1짜리가 어
딜 가겠어? 돈이 없으니까 노숙하는 수밖에 없지. 공원 벤치나
공중화장실 같은 데서 자는 거야. 그런데 그때 어느 남자가 나타
나서 잘 수 있고 따뜻한 물에 씻을 수 있는 모텔에 가자고 하면,
따라가지 않겠어? 뭐 엄마에게 자세히 말하기는 싫지만 나도 그
런 과정을 거쳤어.

⚘

뭘 그렇게 쳐다봐? 기차처럼 생긴 저거? 로스팅 기계야. 커피 볶
는 기계. 생두를 저기다가 볶아야 커피향이 나. 우리가 아는 커
피를 탄생시키는 기계라고 할 수 있지. 볶았다고 끝이 아냐. 식
힌 다음에, 다시 좋은 원두를 골라서 이삼일 저장해. 숙성시키는
거야. 그래야 맛이 더 좋대. 커피는 진짜 '인내'라니까.
커피 한 잔을 만드는 데도 저렇게 많은 인내심이 필요한데, 나는
내 인생에 대해서 인내심이 부족했던 것 같아. 깊이 생각하지도
않고 참지도 않고 그때그때 마음 내키는 대로 했어. '나'라는 커
피를 너무 급하게 만들어버린 거야. 하지만 늦은 건 아니야. 생
두가 되어서 다시 출발하면 돼. 내가 커피 배우면서 배운 게 그
거야. 다시 생두로 돌아가기!

⚘

엄마가 전에 물었지. 한두 번도 아니고 왜 자꾸 가출하느냐고.

설명하기 싫어서 안 했는데, 한 마디로 집이 싫어서 그랬어. 그리고 어쩌다 집에 가면, 엄마는 내 말도 제대로 안 듣고 나를 이해하려고도 하지 않고 나한테 매달렸잖아. "나처럼 크면 안 된다, 절대 안 돼" 하면서 나를 가둬두려고만 했지.

그러고 보니 중 1 때부터 지금까지 집에 있었던 시간이 6개월도 안 되는 것 같다. 윽, 4년 이상을 길에서 지낸 셈이네. 좀 길다, 그치?

🌱

아이, 이 시려. 나는 이렇게 얼음을 소리 내서 깨물어 먹는 게 좋은데, 이가 시려. 노인네 같지? 몸만 망가진 게 아니라 잇몸도 다 망가진 것 같아. 그동안 몸을 너무 챙기지 않아서 그런가 봐. 예전에 거리에서 지낼 때 말이야, 그땐 아무리 힘들어도 '에이, 이제 와서 내가 어쩌겠어? 새로 인생을 시작하기에는 너무 늦었어. 나는 낙오자잖아' 이런 생각이 들어서 그냥 있었어.

그런데 어느 날은 정말 몸이 너무 아파서 이렇게 살다 죽겠구나 싶고, 이렇게 살면 안 되겠다는 생각이 들더라고. 그래서 마음 변하기 전에 얼른 나같이 위기에 처한 청소년들을 도와주는 1388에 전화를 했어. 다른 애들이 알려준 적이 있었거든. 1388에 전화해서 몸은 아프고, 이렇게 살고 싶지 않다고 말했더니, 청소년 쉼터를 소개해 주었어. 그래서 여기 쉼터에 온 거야.

엄마, 나는 바리스타가 된 다음에, 대학교에 가서 미술을 전공하고 싶어. 그러고 나서는 인테리어 디자이너 같은 걸 하고 싶어. 내가 겉멋이 들어서 이런 꿈을 꾸는 걸까?

미대에 가거나 인테리어 디자이너가 되는 게 어렵다는 거 알아. 미술 학원에도 다녀야 하고, 공부도 잘해야 한대. 그렇지만 하고 싶어. 나 초등학교 때 미술 학원에 다니면서 상도 많이 받았잖아. 어릴 때였지만, 그림 그릴 때는 마음이 편안해지고 게임 생각도 안 들었어. 그럼, 진짜 좋아하는 거 아냐?

엄마한테도 언제 내 수첩 보여줄게. 줄 없는 수첩인데 내가 거기다가 매일매일 그림을 그려. 낙서 같기도 하고 만화 같기도 한 그림이지만, 거기 그림 그리고 있으면 행복해. 엄마는 미술 대학도 싫지? 공부 잘해서 가는 대학만 가라고 하고 싶지?

물론 나도 공부 잘하면 좋겠어. 하지만 다른 애들이 공부할 때 나는 다른 짓을 하고 다녔잖아. 그러니 다른 애들에게 바라는 걸 나에게 바라서는 안 돼. 그렇다고 내가 방황했던 걸 후회하는 건 아냐. 후회 안 한다고 했다가 지난번에 엄마한테 무진장 혼났지만, 그래도 후회는 안 해. 잘했다는 건 절대 아닌데, 후회도 안 한다고.

물론 나도 날마다 후회하며 지낸 적 있어. '아, 내가 왜 그랬지? 그러지만 않았어도 지금 내가 이렇게 되지는 않았을 텐데. 내가 미쳤나봐' 하면서 내가 나를 미워했어. 그리고 '부모 잘 만나서, 내가 하고 싶은 미술 공부도 시켜주고, 나를 사랑하고 보호해 주었으면, 가출도 안 하고 성매매도 안 했을 거야. 모두 부모 탓이야' 하고 엄마와 아빠, 만난 적도 없는 친아빠까지 다 미워했어.

그런데 언제까지 누구를 탓하거나 후회만 하고 있을 수는 없잖아. 후회해 봤자 돌이킬 수도 없는 거구. 그래서 남과 다르게 살면서 다른 애들이 배우지 못한 걸 배웠다고 생각하고 싶어. 지나온 경험을 후회하는 대신 발판으로 삼을 거야.

미술 치료 선생님이 언제 그러시더라. 누구나 인생 대학을 다니는데, 우리 같은 애들은 아주 빡센 공부를 한 거라고. 엄마도 내가 빡센 인생 대학에 남들보다 좀 일찍 입학했다고 생각해 주면 안 되나?

🌵

엄마, 입 꽉 닫고 있으려니까 심심하지? 한 잔 더 줘? 같은 걸로? 아니면 저거 줄까? 저건 더치커피야. 더치커피는 인내의 끝장이야. 여덟 시간 이상 차가운 물을 조금씩조금씩 떨어뜨려서 커피를 추출하는 거거든. 뜨거운 물로 하면 향이 날아가는데, 저건 향이 날아가지 않으니까 맛과 향이 더 오래가. 이번에는 투명한 잔에 드릴게. 나는 인내심을 많이 키우기는 했는데, 커피로 치면

더치커피까지는 못 간 것 같아. 에스프레소 머신을 지나서 핸드
드립을 향해 가는 정도?

자, 마셔봐. 이래봬도 내가 바리스타 2급 자격증 따기 직전의 빵
빵한 실력자야. 실력자가 바치는 커피라 다르지?

엄마는 언제 적 내 모습이 제일 예뻤어? 아이 참, 서너 살 때 말
고. 혀 짧은 소리로 귀엽게 말하면서 까르르 웃고 아장아장 걸으
며 넘어질 듯 뛰어다닐 때 안 예쁜 애가 어딨어? 그때 말고는 언
제가 예뻤어?

나는 내가 제일 예뻤던 때가 두 번이야. 지금하고, 중 3부터 고
1 때까지야. 지금은 내가 정신적으로 쑥쑥 크는 것 같아서 좋고,
중 3부터 고 1 때까지는 내가 모범생 같아서 좋아. 중 3 때 내가
마음이 바뀌었잖아. 가출도 지겨워서 집에 들어가 공부나 열심
히 해볼까도 했고, 사실 예고 미술반에 들어가고 싶어서 더 열심
히 한 거야. 그런데 엄마가 예고는 돈 많이 든다고 정보고등학교
에 가게 했잖아. 그래도 나는 무조건 열심히 공부했어. 미친 듯
이. 그때는 왜 그랬나 몰라. 그래서 고등학교 가서 첫 중간고사
때 전교 10등까지 했잖아.

나는 자랑스러워서 엄마한테 성적표를 내밀었지. 엄마가 "아이
구, 우리 딸, 잘했네. 진짜 잘했어. 다음에는 더 잘하자" 이렇게

말하며 엉덩이라도 두드려줄 줄 알았거든? 그런데 엄마는 달려온 나를 밀쳐내면서 "겨우 이거밖에 못하니? 너, 그동안 집 나가 있느라 공부도 못했잖아. 지금이라도 몰아서 만회해야 되잖니? 전교 10등 가지고는 어림없어!" 그랬잖아.

엄마는 학원에도 안 보내주면서 좋은 성적만 바랐어. 내가 정보 검색 대회에 나가서 전국에서 열 손가락 안에 들었을 때도, 엄마는 별거 아니라고 했지. 그러니 내가 기분이 좋았겠어? 몇 번 참다가 기분 나빠서 또 집을 나왔지 뭐. 그래도 그때 공부한 게 어디로 도망가지는 않았더라. 검정고시 봐보니까, 그때 빡세게 공부한 게 기본 바탕이 되어 있더라고. 내가 말을 안 해서 그렇지, 엄마, 나 그때 밤새워 가며 공부했어. 지금 생각해도 내가 믿기지 않을 정도로. 마음잡고 제대로 한번 살고 싶었거든. 그때는 절실했어.

그런데 엄마가 내 노력을 무시하니까, 기운이 쑥 빠지더라. 그래서 다시 나온 거야. 그러고는 여태까지 집에 안 들어간 거지.

✿

엄마, 그렇게 벌컥벌컥 마시면 어떻게 해? 향을 음미하면서, 혀 위에서 커피를 천천히 굴려보라니까.

엄마, 내 얘기 서운하게 듣지 마. 내가 고 1 때 집을 나올 때는, 이제 다시는 안 들어가겠다고 생각하고 나왔어. 그래서 아는 언니한테 "나 돈 벌게 해달라"고 부탁했지. 노래방 도우미 일을 소개해 주더라. 돈이 없으니까 일단 하기는 했는데, 너무 싫더라고. 그래서 노래방에서는 금방 나왔어.

그 다음에는 친구들이 시키는 대로 조건 만남 같은 걸 했어. 나 같은 미성년 여자애들을 찾는 아저씨들을 만난 거야. 근데, 이상한 어른들 참 많다. 돈 가지고 어린 우리한테 장난을 친다니까. 위조지폐 주는 사람도 있고, 처음에 반만 주고 반은 나중에 헤어질 때 주겠다고 하고는 치사하게 그냥 도망가는 사람도 있고, 몸에 이상한 걸 한 사람도 있고…… 말해봤자 엄마는 이해 못할 거야. 엄마가 이해 못하는 게 나아.

걱정 마. 나한테 그러라고 시킨 친구들, 지금은 다 소년원에 들어갔어. 나도 연락 다 끊었고.

엄마가 마신 콜롬비아, 맛 괜찮지? 원두 좀 줄까? 조금만 줄게. 원두는 냄새를 잘 흡수해. 그러니까 냉장고에 그냥 넣어두면, 음식 냄새가 원두에 다 배어버려. 밀폐 용기에 봉투 그대로 담아서 서늘한 곳에 둬.

나는 그렇게 생각한 적도 있어. 깨끗하고 순수한 원두인 내가 세상이라는 냄새 지독한 냉장고로 가출했다고. 그래서 원두에서 냄새가 나고 엉망이 된 거라고. 지금은 그렇게 생각 안 해. 원두는 신선하게 자꾸자꾸 볶는 거거든. 나라는 원두도 자꾸자꾸 새롭게 만들어서 잘 보관하면 돼. 그것도 커피가 가르쳐준 거야.

🌱

엄마, 또 하나 고백할 게 있는데, 내 안에는 '망쳐버리고 싶고 뛰쳐나가고 싶은 괴물'이 살고 있어. 진짜야. 예쁜 그림이 있으면 처음에는 그 그림을 좋아하면서 들여다보다가도, 괴물이 내 안에서 꿈틀거리면서 나한테 이러는 거 있지? '확 찢어버려! 그래서 망가뜨려버려! 아주 없애버려!'

친구랑 잘 지내다가도 그 괴물이 하품을 하면 '얘가 왜 나를 계속 좋아하지? 이제 날 싫어할 때가 됐는데 이상하네. 얘가 날 미워하고 떠나기 전에 내가 먼저 얘한테 욕이나 해버릴까?' 이런 생각이 드는 거야. 그 괴물 때문에 내 마음이 이중적인 것 같아. 안정적인 걸 원하면서도, 안정적인 상황이 되면 그걸 못 견디겠는 거 있지?

쉼터에서도 그랬어. 나를 보호해 주니까 기분이 좋고 행복하면서도, 어느 순간에는 그 안정이 막 부담스러운 거 있지? 내 자리가 아닌 것 같고 '왜 나한테 잘해주는 거지?' 싶으면서 불안해져서, 다 망쳐버리고 싶고, 어질러버리고 싶고, 던져버리고 싶고, 뛰쳐나가고 싶은 거야. 그래서 뛰쳐나가기도 했어. 하지만 뛰쳐나간 밤거리는 항상 끔찍하거든. 그래서 금방 돌아왔지.

지금도 가끔 그런 증세가 있지만, 전과는 달라. 그 괴물이 움직이려고 하면 이제는 내가 먼저 눈치 채게 됐거든. 눈앞에 있는 걸 부수고 싶고, 나를 망쳐버리고 싶은 느낌이 마음 안에서 울렁거리면, 이제는 '망쳐버리고 싶고 뛰쳐나가고 싶은 괴물'에게 잠 오는 커피를 얼른 만들어 바쳐. 디카페인으로 아주 맛있게. 물 데워야지, 잔 데워야지, 커피콩 볶아야지, 갈아야지, 그러다 보면 괴물이 잠잠해지고, 커피를 마시고 나면 녀석은 잠이 들지.

지금도 녀석은 잠자는 중이야. 깨려고 꿈틀거릴 때도 있지만, 그때마다 잠 오는 커피도 주고, 자장자장 토닥여도 주면서 나는 이 녀석을 영원한 잠에 빠지게 만들려고 해.

괴물에게 커피를 만들어줄 수 없을 때는, 선생님들에게 힘든 거 얘기하고 도와달라고 부탁해. 가슴이 벌렁벌렁거리면서, 커피고 선생님이고 다 필요 없고, 무조건 밤거리로 뛰쳐나가고 싶은 때도 있거든. 그때는 선생님한테 뛰어가서 나를 위해 기도해 달라고 해. 나도 기도하고. 그러면 마음이 평화로워져.

엄마는 오라고 하지만, 나는 집에는 가고 싶지 않아. 그러니까 앞으로도 나 기다리지 마. 밖에서도 자주 만나고 싶지 않아. 지금처럼 두세 달에 한 번 정도 보는 걸로 하자. 그 정도면 충분한 것 같아. 같이 있으면 자꾸 싸우게 되고, 그러면 나도 마음이 안 좋거든. 그 대신 대입 검정고시 합격증 나오면 그때는 얼른 가서 보여줄게.

엄마, 나는 여기서 2년을 더 보낼 거야. 나가라고 떠밀 때까지 여기 있으려고. 원래는 잠시만 있다가 나가려고 했는데, 여기가 좋더라고.

✿

엄마가 자주 안 온다고 뭐라고 하지만, 자주 안 가는 건 좋은 거야. 일단 엄마랑 나랑 덜 싸우잖아. 그러니까 좋은 일이지. 두 번째로는 엄마한테 연락이 가지 않을 정도로 내가 말썽을 부리지 않는다는 증거잖아. 경찰서에서도 쉼터에서도 연락이 안 온다는 건, 내가 교육도 잘 받고 잘하고 있다는 뜻이야.

내가 바리스타 교육 받으면서, 재미있으니까 엄청 열심히 해. 게다가 내가 제일 어려서 다들 나를 얼마나 챙겨준다고. 여기 커피 매장에 나와서 실습하면 기분이 얼마나 좋다고. 내가 무슨 유명한 바리스타라도 된 기분이야. 물론 나는 실습생이라 그냥 경험만 하는 거지만, 그래도 진짜진짜 좋아. 흥분돼.

지금은 교통비랑 식비만 받으면서 실습하지만, 취업되면 월급도 받을 거야. 경력이 오래되면 월급도 오르겠지? 그리고 잘만 하면, 또 알아? 내가 커피집 주인이 될지?

나는 여기 나랑 있는 사람들이 다 좋아. 선생님, 여기 있는 이모, 여기 있는 친구들, 다 소중해. 처음에는 쉼터 규칙을 따르는 게 굉장히 힘들었어. 저녁 9시까지는 들어와야 하고, 밤 11시에 잘 때는 휴대폰을 반납해야 하고, 식사도 9시 전까지 해야 하고, 청소 구역도 정해져 있고, 잘못하면 한 달에 3만 원 받는 용돈도 깎이거든.

그런데 생활해 보니까, 내가 규칙만 잘 지키면 나 하고 싶은 걸 얼마든지 할 수 있겠더라고. 외박도 한 달에 두 번은 시켜주지, 직업 훈련도 시켜주지, 배우고 싶다고 하면 학원에도 보내주지.

어제는 내 옆 친구가 늦게 들어와서 외출 금지를 당했어. 나도 외출 금지를 당한 적이 있고, 벌로 설거지, 빨래도 했는데, 지금은 그런 일 거의 없어.

규칙은 신뢰잖아. 그러니까 나에 대한 선생님들의 믿음과 나에 대한 나의 믿음이 깨지지 않게 잘 지켜나갈 거야. 규칙이 나를 위한 거라는 걸 아니까, 최대한 지키면서 따르고 싶어.

엄마, 나는 자기 전에 내 미래를 상상해 봐. 나는 일하면서 돈을 조금씩 모을 거야. 그래야 미래를 준비하지.

대학생이 된 내 모습도 상상해 봐. 나는 혼자 자취하지 않을 거야. 그러면 돈이 많이 들잖아. 그러니까 기숙사에 들어가서 열심히 공부할 거야. 취직해서 월급 받으면 저금했다가 외국 여행도 다녀올 거야. 그런 생각을 하면 막 신이 나고, 뭐든 잘하고 싶어져. 일반적으로 평범한 사람은 다 그렇게 살지? 평범한 사람이 된다는 건 좋은 거야. 그래서 나는 평범한 사람이 되고 말 거야.

엄마. 여기 있는 어떤 애는, 나랑 비슷한 상황인데, 친아빠를 만나고 싶어 하지 뭐야? 그런데 나는 아냐. 친아빠에게는 나랑 비슷한 나이의 자식이 두 명이나 있댔지? 행복하게 잘살고 있댔지? 솔직히 말해봐. 내가 아빠랑 같이 산 적 없지? 그렇다면 내가 친아빠를 그리워할 이유는 없는 것 같아. 나를 찾지 않는 친아빠니까 나도 찾지 않을 거야. 하나도 그립지 않아. 그렇다고 지금 아빠가 좋다는 건 아닌 거 알지?

엄마, 엄마는 내가 또 잘못해서 임신이라도 할까봐 걱정하지? 엄마 얼굴에 다 써 있어. 걱정 마. 나는 여기서 공부하면서 내 몸이 얼마나 소중한지, 생명이 얼마나 소중한지 알게 됐거든. 그래서 피임하는 방법도 배웠고, 생리주기도 다이어리에 적어두고 있어.

엄마, 참 이상하더라. 지난번에는 쉼터에서, 인형을 안아서 젖병

을 물려보고 달래보는 시간을 가졌는데, 가슴이 뭉클했어. 인형인데 꼭 진짜 아기 같은 느낌이었어. 그날 나랑 같은 인형을 번갈아 안아준 친구가 묻더라. 성매매를 하다가 왜 그만두었냐고. 솔직하게 말해줬지.

"몸 때문이야. 몸이 너무 많이 망가졌더라고. 성병에도 걸리고, 중절수술하고 나서 하혈도 계속하고, 배도 너무 아프고…… 병원에 갔더니, 자궁에 피가 고여 있대. 몸도 허하고 추위도 잘 타고, 식은땀도 많이 나고, 이러다가 어린 나이에 죽을 것 같아서 그만뒀어."

사실 그렇게까지 다 말할 필요는 없었는데, 솔직하게 말해버렸어. 진짜거든. 몸이 아파서 그만두었지만, 여기 와서 공부를 하다 보니, 내가 그동안 한 일들이 나를 너무 아끼지 않은 일이었다는 걸 알게 됐어. 몸이 아파서 여기 오게 된 게 얼마나 다행인지 몰라. 여기 오지 않았다면 지금처럼 커피 교육 같은 것도 받지 못했을 거고, 여러 가지 재미난 것들을 못해봤을 거 아냐? 나는 여기 선생님들이나 친구들과 함께 여러 가지를 배우면서 지내는 게 행복하고 재밌고 또 즐거워.

커피, 다 마셨네? 맛있지? 언제, 또 커피 한 잔 하면서 이야기하자. 물론 그때도 내가 일하는 커피집으로 오는 거야, 알았지?

그때는 저기 보이는 동그란 유리병 밑에 알코올 램프를 대고 끓이는 사이폰으로 커피를 추출해 줄게. 사이폰은 빨대야. 물이 끓으면 저 빨대로 올라가면서 진공 흡입 방식으로 끓여져서, 플라스크로 커피가 내려오는 거야. 커피 추출하는 방법 중에 제일 역사가 오래된 방법이고, 맛도 제일 쳐줘.

그날의 엄마 분위기에 어울리는 향으로, 정성들여서 커피를 내려줄게. 물론 내 것도 한 잔 내리지. 엄마 커피와는 다른 걸로. 나는 엄마와 다른 사람이라서 다른 향이 어울리거든.

그날은 엄마가 말을 많이 해. 나는 들을게.

이제 가야지? 엄마는 집으로, 나는 쉼터로. 인사도 말로 하지 말고, 잘 가라고, 다시 만날 때까지 잘 지내라고 손만 흔들자.

엄마, 엄마에게 부탁이 있어. 엄마는 내가 다른 애들과 다른 길을 걸은 게 엄마 탓이라고 생각하고 나만 바라보면서 이래라 저래라 계속 잔소리하잖아. 내 삶의 주인공이, 내가 아니라 엄마 같을 정도야.

이제는 엄마가 나를 그만 바라보고, 엄마 자신을 바라보면 좋겠어. 나를 아끼는 만큼 엄마 자신을 아꼈으면 좋겠어. 엄마는 엄마의 삶을 살고, 나는 내 삶을 살았으면 좋겠어. 내가 말을 솔직하게 할 때마다 "나는 너를 아꼈는데" 이런 말만 하지 말고, "나

는 나 자신을 아낀단다. 그러니 너도 너 자신을 아끼렴" 하고 말
해주면 좋겠어.

엄마는 내가 언제쯤이나 홀로 서서 잘 살아갈까, 늘 걱정이지?
나는 잘하고 있어. 왜냐하면 내 의지가 생긴 게 확실하거든.
엄마! 내가 달라졌다는 것을 증명할 수 있도록 노력할게. 바리스
타 자격증도 얼른 따고, 대학도 가고, 취직도 하고, 그래서 엄마
가 바라는 대로 엄마처럼 살지 않는 딸이 될게.
엄마, 내가 엄마 딸이어서 미안해. 못난 딸이어서 정말 미안해.
그런데 엄마, 궁금하다. 엄마도 내 엄마여서 나한테 미안해?

03

잔소리쟁이 여자들과의 동거

"나 좀 그만 괴롭혀!"

내가 그 여자들과 만나면서, 가장 많이 한 말이다.

어찌나 괴롭히고 잔소리가 많은지, 혼잣말로 그 여자들 이름을 하나하나 부르며 욕을 하기도 했고, 누가 안 보면 콩, 하고 알밤을 먹이고 싶기도 했다.

내 특기대로 그 여자들 머리카락을 쥐어뜯고도 싶었다. 머리카락 쥐어뜯기로 말하자면, 오래도록 내가 나를 지킨 특기이기도 했다. 거리에서도, 업소에서도.

물론 그 여자들이 마음에 안 들 때가 많았음에도 불구하고, 알밤을 주거나 머리카락을 진짜로 쥐어뜯지는 못했다. 내가 느끼기에 그 잔소리쟁이 여자들의 서열이 나보다 높았으니까. 그렇게 하면 무엇보다 내 손해일 게 확실하니까.

생각해 보면, 내가 그 잔소리쟁이 여자들을 만난 것은, 전적으로 내 선택이었다. 서른 살 이전까지의 내 과거는 뭉텅 잘라내고 이야기를 시작하기로 하자.

서른 살 생일이 되었을 때, 나는 이대로는 살 수 없다고 생각했다. 일단 몸이 여기저기 아팠다. 업소에서 성매매로 돈 버는 일은 나를 갉아먹는 일이라 너무 힘들었고, 돈을 번다고 벌지만 돈은 내 손에 모이지 않았다.

나에게는 휴식과 치료가 필요했다.

내가 다니는 업소에서 동료들이 하는 말이나, 상담 전화번호가 적힌 물건을 들고 가끔 우리를 찾아오는 바깥세상 여자들의 말을 종합해 보면, 업소 일이 아닌 다른 일을 하며 살아갈 수 있는 길이 있단다.

그래서 나와 내 친구는 상담소를 찾아가서, 업소를 나와 새 생활을 시작하고 싶다고 말했다. 성매매를 그만두고 싶은데 도움이 필요하다고 했다.

상담소 사람들은 우리를 반기며 상담도 해주고, 오갈 곳 없는 우리를 쉼터에서 살 수 있게 해주었다.

쉼터는 좋은 곳이었다. 업소에서 나와 갈 곳도 없고 쓸 돈도 없던 나에게, 생활하면서 필요한 많은 것들을 돈도 내지 않고 쓸 수 있게 해주었다.

비누도 샴푸도 내가 안 사도 되었고, 밥도 주었다. 밥은 맛있었고, 아무리 많이 먹어도 더 먹으라고 하는 사람들뿐이었다. 몸이 아프다고 하니 병원에 데려다주고 치료도 해주었다. 성매매를 한 것은 내 잘못이 아니라고 위로도 해주었다.

하긴 나도 좋은 환경에서 자랐으면 성매매 따위는 하지 않았을 테니, 그 여자들 말도 맞았다. 나를 이해해 주는 사람들이 이렇게 많다니, 나는 여기 오길 잘했다는 생각이 들었다.

귀찮은 일도 물론 있었다. 일단 학교 수업 같은 공부에 참여해야 했다. 무언가 좋은 소리를 하는 건 같은데 무슨 소리를 하는 건지 알아들을 수도 없고, 나는 어려서부터 공부에는 전혀 취미가 없는 사람이라, 앞에서 무슨 이야기를 하건 졸았다. 졸아도 졸아도 수업이 안 끝나면 담배를 피우러 밖으로 나갔다. 나만 그런 것도 아니고 쉼터에 있는 여자들 대부분이 그랬다.

나는 그곳에서 지극히 모범적으로 평범했다.

손으로 비누를 만든다거나 머리핀을 만드는 등 새로운 것을 배우는 시간도 있었다. 나는 무언가를 만들어본 적이 거의 없어서 잘 되지 않았다. 자꾸 만들라니 귀찮기도 했다. 그래서 그때는 손이 무딘 척, 잘 모르겠는 척하면서 시간을 보냈다.

그 다음에는 다시 먹고 자고 쉬고…… 용돈도 주었다. 액수가 많은 건 아니지만, 먹여주고 재워주고 용돈까지 주는 곳이 이곳 말고 어디 있으랴.

처음 쉼터에 와서 한 일 중에 내가 가장 집중한 일은 먹는 일이었다. 먹어도 먹어도 배가 고팠다. 그런 나를 보고 주방 아주머니는 "마음이 허해서 그래. 지쳐서 그래…… 쯧쯧쯧…… 많이 먹어" 하며 듬뿍듬뿍 얹어주고, 내가 좋아하는 반찬을 기억했다가 날 잡아 일부러 해주기도 했다. 24인치의 날씬하던 내 허리는 쉼터에서 6개월을 보내는 동안 32인치가 되었다. 나는 목욕을 하다 말고, 봉긋해진 내 배를 보며 중얼거렸다.

"꼭 애 가진 사람 같네."

쉼터에 머무는 사람들을 보니, 허리가 34인치인 사람도 있었다. 어차피 이제는 업소도 아니고 남자들한테 몸 보일 일도 없으니, 뚱뚱해지면 어떤가? 나는 쉼터가 편하고 좋았다.

내 친구 희숙이는 쉼터에서 4개월을 보내고는 다른 쉼터를 찾아갔다. 그 쉼터가 여기보다 더 편하다고 했다.

내가 있는 쉼터에는 상담해 준 여자들이 자주 와서 "검정고시 보게 공부해라, 청소해라, 일을 해야 한다" 잔소리도 많은데, 그 쉼터는 더 너그럽다고 했다. 잠시 그곳으로 옮길까 하는 생각도 했지만, 움직이는 것 자체가 귀찮아서 나는 그냥 있었다.

어느 날 상담해 준 여자들이 회의를 하자고 했다. 그 여자들을 잔소리쟁이로 부르기 시작한 것이 그때부터다.

글쎄, 청소와 식사 준비를 우리더러 하라는 것이다. 쉼터 주방 아주머니가 나가셨단다.

솔직히 나는 밥을 제대로 해서 먹어본 적이 없었다. 어렸을 때는 할머니가 밥을 해주셨고, 업소에 들어간 다음에는 내가 밥을 하지 않았다.

그런데 나더러 밥을 하라고?

손톱을 깎으면 그 자리에 그대로 모아놓고 일어서는 나에게 청소까지 하라고?

어처구니없어한 사람은 나뿐이 아니어서, 다들 아우성이었다.

"나 밥할 줄 몰라요."

"청소는 해줘야죠. 나는 아프단 말이에요."

"쉼터가 왜 쉼터예요? 쉬게 해줘야 쉼터죠."

하지만 잔소리쟁이 여자들은 순서를 매기고 표를 만들어서 밥 당번, 청소 당번을 정했다.

'칫, 안 하면 되지 뭐.'

식사 당번이 되었을 때 나는 늘어지게 자고 있었다. 잔소리쟁이 여자 1이 나를 흔들어 깨웠다.

"이러고 계시면 어떻게 해요? 다들 밥 먹으려고 기다리고 있는데……"

나는 신경질을 냈다.

"아프단 말이에요. 내가 얼마나 아픈지 선생님은 아세요?"

잔소리쟁이 여자 1은 알았다고 하면서 나갔다.

다시 꿈속에 빠져들었을 때, 달그락달그락 숟가락과 젓가락이 내는 소리가 들렸다. 그 소리에 배가 꼬르륵 아는 척을 했다.

나는 벌떡 일어나서 식탁으로 갔다.

내 자리에 털썩 앉았는데, 내 밥공기도 내 숟가락, 젓가락도 없었다.

잔소리쟁이 여자 1이 말했다.

"하나 쌤 것은 없어요. 오늘 하나 쌤은 식사 당번인데 일 안 하셔서요."

나는 벌떡 일어나며 소리를 질렀다.

"나 참, 먹는 거 가지고 치사하게 왜 그래요?"

잔소리쟁이 여자 1은 내 말에는 대답도 하지 않고, 자기 입에 김치를 넣고 있었다.

"나 배고프다고요. 밥 줘요."

잔소리쟁이 여자 1은 김치를 입에 넣은 채 우물거리며 말했다.

"그럼 내일 밥 당번 하세요. 밀린 것을 채워야 밥을 드려요."

나는 가슴 앞으로 팔짱을 낀 채 잔소리쟁이 여자 1을 노려보았다.

"드럽게 치사하게 구네, 정말!"

식탁에 있던 사람들은, 그러거나 말거나 나를 쳐다보지도 않고 계속 밥을 먹고 있었다. 배가 점점 더 고파지고 입에 침이 고였다. 누구 하나 일어나 "알았어. 밥 줄게!" 이러는 사람이 없었다. 같은 쉼터에 입소한 사람끼리 의리도 없다.

화를 벌컥 내며 호기롭게 일어섰는데, 다시 앉을 수도 없고, 나는 방으로 들어와 담배를 가지고 밖으로 나갔다. 담배를 피우는데, 두 가지 이유로 속이 쓰렸다. 하나는 배가 고파서, 또 하나는 잔소리쟁이가 못마땅해서.

다시 들어가자 잔소리쟁이 여자 1이 말했다.

"하나 쌤, 이거 드세요. 그리고 내일 밥 당번 명단에 하나 쌤 넣어두었어요."

"그래, 어서 와, 밥 먹자…… 우리까지 불편하게 하지 말고."

다른 입소자들이 거들었다. 나는 못 이기는 척하고 식탁에 앉아 밥을 먹었다. 평소처럼 두 그릇 먹었다.

다음날 작업장에 갔다. 머리핀 만들기가 싫었다. 나는 머리핀 만들기가 좋았던 적이 단 한 번도 없었다. 나는 담배 피우러 네 번 나갔고, 물 마시러 세 번 나갔다가 들어왔다. 당연히 완성한 머리핀이 없었다.

"하나 쌤, 하루 다섯 개씩 완성하지 않으면 월급 깎습니다. 월급은 일하는 사람에게만 주는 겁니다."

잔소리쟁이 여자 2가 나를 쳐다보지도 않고, 바늘에 실을 꿰며 말했다.

저녁때 쉼터로 돌아오자, 어제의 그 잔소리쟁이 여자 1이 말했다.

"하나 쌤 빨리 오세요. 오늘 나랑 같이 밥 당번이에요. 잘못하면 식사 시간에 맞추지도 못하겠어요."

"나, 아픈데요……"

"그래요? 그래도 걸을 힘은 있는 것 같으니, 밥은 해놓고 들어가 쉬세요. 약속했으니까 약속은 지키셔야 해요. 하나 쌤은 아프니까 밥 못 드시겠지만, 그렇다고 다른 사람들까지 굶길 수는 없잖아요?"

흠, 더 이상의 자세한 설명은 생략하겠다.

나는 쉼터 입소자들에게 피해를 주지 않기 위해 밥 당번을 지키게 되었다. 쌀 씻고 물 맞추는 것이 보통 어려운 게 아니었다. 중간에 냄비 뚜껑 열어보지 않고 콩나물을 삶는 것도 쉬운 일이 아니었다. 밥 짓기에 익숙해지기까지 다른 입소자들에게 피해도 주었다. 물을 잘못 맞추어 제대로 밥맛을 내지 못했고, 반찬도 엉망인 적이 많았다.

잔소리쟁이 여자 1도 못마땅했지만, 잔소리쟁이 여자 2는 그보다 더 했다.

그 여자는 작업하는 동안 내가 밖에 너무 자주 나간다고 두 시간에 한 번씩만 나가는 걸 허용했다. 심지어 문 앞에서 지키고 서 있기까지 했다. 나는 더럽고 치사해서, 휴식 시간에만 담배를 피우러 나갔다.

월급은 깎였다. 안 그래도 쥐꼬리만큼 월급을 주면서 깎기까지 하다니 보통 치사한 게 아니었지만, 그래도 여기서 나가면 더 피곤해질 것 같아서 참았다.

봄이 와서 날이 따뜻해지자, 잔소리쟁이 여자 3이 일주일에 두 번씩 등산을 가자고 했다. 쉼터 식구는 모두 가야 한단다. 안 그래도 사는 게 힘들어죽겠는데, 무슨 산? 나는 아프다고 했다. 그러자 등산도 일의 일부라며 월급을 깎겠다고 했다.

자존심이 있지, 내가 뱉은 말이 있어서 나는 등산을 가지 않았다.

"진짜 좋더라. 진달래 봤지?"

"나는 개나리가 좋더라."

"그건 산수유라니까!"

누워서 뒹굴고 있는데, 등산에서 돌아온 입소자들이 산에 다녀온 이야기를 주고받았다. 괜히 안 갔나? 재미있었나 보네?

나는 월급 깎이는 게 싫어서 두 번째 등산에는 따라갔다. 처음에는 앞장서 갔는데, 시간이 지날수록 뒤로 처지더니 내가 맨 꼴찌가 되었다.

"하나 쌤, 어제 술 마셨지?"

잔소리쟁이 여자 3은 귀신같이 알아맞혔다. 내가 어젯밤에 소주를 한 병 반을 마셨는데, 그걸 어찌 알았누?

겨우겨우 기어가다시피 정상에 도착해서 좀 쉬려고 하니, 다른 입소자들이 내려가기 시작했다.

"거 봐요, 힘들죠? 하나 쌤, 다음 등산 때는 전날 컨디션을 조절하세요. 아니면 하나 쌤만 힘들어요."

말은 그렇게 싹수없이 하면서도, 잔소리쟁이 여자 3은 내가 정상에서 충분히 쉴 수 있게 기다려주고, 같이 내려와 주었다.

나를 비롯해서 입소자들이 제일 힘들어하는 시간은 공부 시간이다. 알아듣기 어려운 것도 어려운 거지만, 한 시간 동안 꼼짝 않고 앉아 있으려면 온몸이 뒤틀린다. 물론 중간에 나가서 물을 먹기도 하고 담배를 피우기도 하지만, 얼마 전부터는 그게 눈치가 보이기 시작했다. 다른 입소자들이 전과는 달리, 한 시간 동안 꼼짝 않고 앉아 있기 시작했기 때문이다.

"지네들이 언제부터 공부를 했다고? 지들이나 나나 무식하기는 마찬가지고, 업소에서 일한 건 마찬가지면서 왜 갑자기 고고해졌담? 자기는 왜 갑자기 모범생이 됐어?"

입소자 가운데 비교적 말이 잘 통하는 진주 씨에게 불평을 늘어놓았다. 진주 씨는 호호거리며 웃더니 말했다.

"강사 선생님이 그랬잖아. '몸 만들기' 하자고."

"몸 만들기는 왜 해? 근육 키우자고? 우리가 뭐 모델 할 것도 아닌데?"

"강사 선생님이 그러셨잖아. 공부 시간 한 시간 동안 의자에 꼭 붙어 앉아 있어보자고. 그게 몸 만들기라고. 몸을 만들면 마음도 달라진대."

"어, 언제 그런 말을 했어?"

"하나 씨, 졸았구나? 우리가 그 약속 한 지가 언젠데? 하나 씨도 다음 시간에는 중간에 들락날락하지 말고 한번 그냥 앉아 있어봐. 졸려도 참고 그냥 있어봐. 힘든데, 이상하게 기분은 괜찮더라."

아무래도 일이 꼬여간다는 생각이 들었다. 잔소리쟁이 여자들이 단체로 쉼터 식구들을 괴롭히고 있었다.

'저 잔소리쟁이들을 어떻게 혼내주지……?'

나는 좀 더 뒹굴뒹굴 게으름을 부리는 휴식이 필요하다. 나는 고생을 많이 했고, 나를 이렇게 고생하며 살게 한 건 나쁜 부모와 나쁜 사회다. 그러니까 나는 보상받아야 하고 쉴 수 있어야 한다. 내가 회복되려면 휴식이 엄청나게 많이 필요하다.

그런데 그 고민도 오래할 수가 없었다.

"하나 쌤, 거기서 뭐해요? 오늘 청소 당번이잖아요. 하나 쌤과 같이 당번인 사람들은 벌써 청소 시작했어요."

나는 어떻게 하면 잔소리쟁이 여자들을 혼내주고, 다시 달콤한 휴식을 펑펑 누릴 수 있을까 하는 고민을 뒤로 밀어둔 채 청소에 동참했다. 당번인 내가 청소를 하지 않으면, 물 흐린다고 다들 나를 쏘아볼 것이고, 이 쉼터에서 왕따당할지도 모르니까 말이다.

아, 살기 참 어렵다. 신경질 나는데, 여기를 나가버려?

아냐, 여기가 익숙해져서 편한데, 어딜 가? 그렇다고 다시 업소로 갈 수는 없잖아. 안 그래도 몸 아픈데, 다시 남자들에게 시달리는 것보다는 저 잔소리쟁이들과 있는 게 나아. 일단, 참자!

이럴 줄 알았으면, 그때 희숙이가 쉼터 옮기자고 했을 때 옮길 걸. 아냐, 아냐. 쉼터는 다 비슷할 수도 있어. 거기서는 다른 걸로 괴롭힐지도 모르지. 거기 있는 여자들이라고 호락호락할 리가 없어. 공돈을 그냥 줄 리가 없으니까. 내가 받는 월급은 괴롭힘을 받는 대신 받는 돈이라니까. 아, 진짜 밥맛이야!

산 너머 산이란 말은 이런 때 하는 말인가 보다. 잔소리쟁이 여자들이 하는 말이, 공부 시간을 한 번에 두 시간씩으로 늘리겠다고 한다.

"뭐어? 두 시간?"

나는 나도 모르는 사이에 고함을 질렀다. 그런데 다른 입소자들이 엉뚱한 소리를 했다.

"하나 씨도 찬성이구나. 하긴 재밌는데 시간이 너무 짧았어."

나는 벌린 입을 다물 수 없었다. 입을 하도 크게 벌려서, 권투 선수 주먹이라도 들어갈 수 있을 지경이었다.

나는 학교를 제대로 다니지 못했기 때문에 공부를 좋아하지도 않고, 한 군데 오래 앉아 있는 것에도 익숙하지 않다. 쉼터에 있는 여자들은 다들 나와 비슷한 일을 한 사람들이라, 공부하는 걸 나처럼 싫어할 줄 알았다. 그런데 두 시간씩이나 엉덩이를 의자에 붙이고 앉아서 공부를 하겠다고? 두 시간 동안 중간에 나가서 물도 안 마시고 담배도 안 피우겠다고? 얘네들 어떻게 된 거 아냐?

잔소리쟁이 여자 2가 얘기 좀 하자고 한다. 커피를 타주더니, 한

다는 말이 우습다.

"요즘 힘든 건 없으세요?"

나 참! 힘든 거 많지. 요즘 숙제가 좀 많이 늘었나 말이다. 꼴랑 60만 원 주면서, 거기서 70퍼센트나 되는 42만 원은 무조건 적금 들게 했으니, 결국 남는 돈은 18만 원뿐인데, 그 돈 주면서 일 부려먹지, 청소 시키지, 밥하라고 하지, 억지로 공부시키지, 완전 나만 손해 아닌가 말이다.

나는 어처구니가 없어서 아무 말도 하지 않았다. 커피만 꿀꺽 마셨다. 그런데 커피가 그렇게 뜨거운 줄 몰랐다. 입천장 다 델 뻔했다.

"하나 쌤은 언제 독립하실 계획이세요?"

"도, 도, 독립이라니요?"

"언제까지 쉼터에 있을 수는 없잖아요? 길면 2~3년 정도 있을 수야 있지만, 그 전에라도 독립이 준비되면 나가야죠. 저는 하나 쌤이 다른 쌤들보다 빨리 독립할 수 있을 거라고 생각해요. 에너지가 넘치시니까요."

"…… 꼭 그래야 하는 건가요?"

"그럼요. 업소를 나오면서 이미 자활의 첫 단추를 끼우셨어요. 앞으로는 하나 쌤이 혼자 생활하면서 스스로 삶을 꾸려가는 거예요. 다른 사람들처럼 직장 다니면서 월급 받고, 그 월급으로 생활하는 거요. 지금 받는 돈으로는 혼자 생활하기 어려울 테니까 서서히 준비하셔야 해요. 이제 일상생활은 잘해 가시니까, 어떤 직업을 가질까 쪽으로 탐구하면 좋을 듯한데……"

나는 다시 커피를 삼켰다. 이번에는 커피가 적당히 식어 있었지만, 아까 덴 입천장 때문에 맛이 느껴지지 않았다.

"생각해 볼게요……"

"계획을 세워보세요…… 저희도 도와드릴게요……"

내가 사용한 잔을 씻는데, '계획'이라는 말이 수돗물 속에서 계속 쏟아져 나왔다.

계획이라니? 그런 말 잘 모르는데……

내가 무얼 계획할 수 있단 말인가? 기술도 없는데 직업? 무슨 직업? 나는 머리핀 만드는 것도 열심히 안 해서 혼자서는 완성품도 만들 수 없는데? 나더러 나가란 말인가? 나는 쉼터에서 오래오래 지내고 싶은데? 나는 상처받았고 내 상처가 나으려면 아직 멀었는데, 너무한 거 아냐?

몸은 전보다 좋아진 것 같은데, 마음은 꿀꿀하다. 사는 낙이 없어졌다. 무엇보다 쉼터 애들이 달라졌다. 공부 시간 두 시간을 꼼짝 않고 앉아 있다. 전보다 조는 애들도 줄어든 것 같다. 작업 시간에도 자리를 비우는 애들이 별로 없다. 진짜 밥맛이다. 그래서인지 전보다 진짜로 밥맛도 없어졌다. 두 그릇씩 먹었는데, 중간에 간식도 열심히 먹었는데, 요즘은 한 그릇 반밖에 안 먹는다.

이대로 끌려가면 저 잔소리쟁이 여자들이 나를 얕보겠지? 나는 보란 듯이 공부 시간 중간에 나왔다. 이런 행동, 꽤 오랜만이었다. 전에 중간에 나갔다 오는 애들이 많을 때는 아무 소리 안 하던 강사 선생님이, 하던 강의를 중단하고 "화장실 가세요?" 하고 물었다. 나는 고개를 끄덕여주고는 옥상으로 올라갔다.

담뱃갑을 꺼내다가 깜짝 놀랐다. 이 담배, 언제 개봉한 거지? 그저께쯤인가? 그러고 보니 요즘 담배가 확 줄었다. 공부 시간 중간에 나가서 피우는 것도 안 하지, 작업 시간 중간에 나가서 흡연하는 것도 안 하지, 청소 당번 하고 밥 당번 하느라고 시간 다 뺏기지, 휴식 시간에만 담배를 꺼내니, 골초인 내가 담배 피울 짬이 없는 것이다. 그렇다면 요즘 몸이 좀 가벼워진 것이 담배를 줄여서인가? 몸 좋아지고 돈 굳고, 이거 아주 나쁘지는 않네?

나는 꺼낸 담배를 다시 집어넣었다. 음수대에 가서 물만 먹고 다시 강의실로 들어갔다.

옆자리인 진주 씨가 '웬일?' 하는 눈으로 나를 쳐다보았다. 담배 냄새가 나지 않아서 놀란 것이리라. 나는 입모양으로만 말해주었다.

"돈 아끼려구, 돈!"

쉼터 애들은 꾸물거리는 데는 뭐 있다. 하여간 맘에 안 든다니까. 오늘이 등산하는 요일인 건 모두가 다 아는 사실인데, 그럼 일찍일찍 준비를 해야 할 거 아닌가? 밥 당번도 꾸물꾸물, 설거지 당번도 꾸물꾸물, 나는 제일 먼저 옷 챙겨 입고 운동화 끈 단단히 조여 신고 현관 앞에 서 있었다.

쉼터 문이 열리더니 잔소리쟁이 여자 3이 들어섰다.

"와우, 오늘은 하나 쌤이 일등으로 준비했네요!"

나 참, 새삼스러운 듯이 말하는 건 또 뭐람? 이봐요, 난 언제나 부지런하고 행동이 빨랐다구!

오늘 우리 쉼터 애들은 게으름 부리기로 작정을 한 것 같다. 산을 오르는데도 어찌나 꾸물거리는지, 거북이를 삶아먹었나? 특히 진주 씨가 문제였다.

하도 답답해서 앞장서서 걷던 내가 다시 뒤돌아 내려가서 진주 씨 옆에 발을 맞추었다.

"야, 진주 씨, 너 어제 진탕 퍼 마셨지?"

"웅? 하나 씨가 어떻게 알아? 소주방에서 나 봤구나?"

"봐서 아나? 이렇게 산을 못 타는 건 술 때문이라고. 등산하기 전

날은 몸을 만들어야지, 몸을! 진주 씨 얌전하게 봤더니 영 못쓰겠네…… 다음 등산하는 날은 전날 술 마시지 마, 알았지?"

나는 점잖게 타일러주고 다시 앞장서서 산을 올랐다.

정상에서 모자를 벗고, 바람에 머리카락 휘날리고 있는데, 잔소리쟁이 여자 3이 내 쪽으로 오고 있었다. 그동안 나를 무진장 괴롭혀온 게 얄미워서 속으로 '내 옆으로 오지 마라, 오지 마라' 하며 흘겨보고 있는데, 손을 흔들었다.

무슨 뜻이지?

그러는 사이에 내 옆으로 온 잔소리쟁이 여자 3은, 흔들던 손을 내게 내밀었다. 손바닥에 미니 초콜릿이 들었다. 먹으라고 고갯짓을 한다.

미니 초콜릿은, 음…… 맛이 괜찮았다. 내가 "저리 가라, 저리 가라" 하고 주문 왼 걸 어찌 알고, 뇌물을 먹이는 거지?

"하나 쌤은 산악인이 되어도 되겠어요. 산을 잘 타시네요."

나는 초콜릿을 우물거리느라고 대답은 해주지 않았다.

내가 뭐든 했다 하면 쫌 잘하긴 하지, 맘만 먹으면!

잔소리쟁이 여자 3도 어느새 그걸 알아챘나 보다.

"아니, 하나 쌤은 무얼 그렇게 열심히 필기를 하세요?"

강사 선생님이 내게 다가왔다. 나는 그것도 모르고 있었다. 내가 공책에 한 바닥 가득, 반복해서 쓴 말은 이것이었다.

"과거는 없어지는 게 아니다. 과거는 평생 지고 가야 하는 것이다. 내가 오늘, 현재, 어떻게 사느냐에 따라 그 과거가 달라진다…… 과거는 없어지는 게 아니다. 과거는 평생 지고 가야 하는 것이다. 내가 오늘, 현재, 어떻게 사느냐에 따라 그 과거가 달라진다…… 과거는 없어지는 게 아니다. 과거는 평생 지고 가야 하는 것이다. 내가 오늘, 현재, 어떻게 사느냐에 따라 그 과거가 달라진다…… 과거는 없어지는 게 아니다. 과거는 평생 지고 가야 하는 것이다. 내가 오늘, 현재, 어떻게 사느냐에 따라 그 과거가 달라진다……"

강사 선생님은 공책을 들어 내가 쓴 것을 보더니, "저도 이 말을 제일 좋아해요…… 저랑 똑같으시네요" 했다.

니체라고 했나, 저 말을 한 철학자가? 프리드리히 빌헬름 니체. 이름이 길기도 한 그가 한 말이 왠지 가슴으로 들어와 새겨지는 느낌이었다.

과거가 없어지지 않는 건 알겠다. 과거가 없어진다면, 내가 여기 이렇게 짱 박혀 있을 일도 없을 테니까.

그런데 나는 내 과거를 평생 내 등에 지고 갈 수 있을까? 달팽이처럼? 내 등에 진 과거를 남들이 보면 어쩌지? 그 짐이 뭐냐고, 무슨 일을 했던 거냐고 물으면 어쩌지? 아무도 그런 질문을 하지 않을 곳에서만 살면 되지 않을까? 이를테면 업소에서만 산다거나 쉼터에서만 산다면?

그런데, 잔소리쟁이 여자 2가 내게 말했지. 독립해야 한다고. 밖으로 나가야 한다고. 나 혼자 밥벌이하면서 살아야 한다고. 그럼 나의 과거를, 생판 모르는 사람들에게 홀딱 다 보여야 할 텐데, 그게 가능할까? 날 비웃고 손가락질할 텐데? 더럽다고 할 텐데?

위안거리를 찾자면 "오늘, 현재를 다르게 살면, 과거도 달라진다"는 뒷부분의 말이다. 니체의 말은 맞겠지? 맞는 말을 했으니까 그렇게 오래도록 유명한 철학자로 이름이 남은 거겠지?

오늘을 어떻게 살고 현재를 어떻게 살면, 나의 과거가 달라질 수 있을까? 어떻게 살면, 나도 업소 얘기를 포함한 내 얘기를 웃으면서 할 수 있게 될까?

나도 독립하고 싶다. 혼자서도 잘 살아가고 싶다. 그래서 나의 과거를 다르게 만들고 싶다.

"요즘 연애해?"

오랜 만에 만난 친구 희숙이가 물었다.

"으, 남자라면 지겹다! 그리고 멀쩡한 남자가 나를 좋아할 수 있겠어?"

"근데 이상해…… 이뻐졌어…… 살도 빠지고……"

피, 하고 웃었지만 듣기에 나쁘지 않았다. 그러지 않아도 그런 소리를 요즘 자주 듣는다. 표정이 달라졌다는 둥, 이뻐졌다는 둥, 날씬해졌다는 둥……

"바빠서 그럴 거야. 어찌나 빡세게 굴리는지, 힘들어 요새."

나는 내가 얼마나 바쁘게 사는지 얘기해 주었다. 얘기하다 보니, 바쁘긴 한데 마음은 편하고 몸도 이상하게 편해졌다는 생각이 들었다. 몸을 많이 움직였는데, 왜 편하다고 느끼지? 그게 좀 이상했다.

희숙이는 벌써 쉼터를 세 군데째 옮겼단다. 쉼터마다 특징이 있더란다. 자기는 더 좋은 곳, 더 편한 곳을 찾아다니는데, 세 번째에 가보니, 결국은 요구하는 게 다 비슷비슷하더라나?

"내 말은…… 그러니까 쉬운 쉼터는 없다는 거지…… 그래서 갈등이야. 아, 어쩌지……?"

희숙이는 주스 잔에 꽂은 빨대를 담배처럼 입에 물었다가 연기를 뿜는 시늉을 했다.

"우리 쉼터에 와라. 나랑 같이 지내자. 내가 니 밥 당번, 열 번 대신 해줄게. 환영 선물로!"

희숙이는 생각해 보겠다고 했다.

사람들은 쉬운 일을 놓고 '껌 같다'고 한다. 껌이라면 나도 꽤 많이 씹어봐서 아는데, 글쎄, 요리도 껌일까?

부르지도 않았는데, 나는 잔소리쟁이 여자 2를 찾아갔다.

"커피 드려요?"

잔소리쟁이 여자 2가 물어서 내가 말했다.

"선생님은 그냥 계세요. 내가 커피 탈게. 커피, 선생님은 하나도 못 타드라. 맛이 없어."

내가 탄 커피를 마신 잔소리쟁이 여자 2가 말했다.

"진짜네…… 맛있네……"

왜 왔느냐고 물어주기를 바랐는데, 이 여자가 묻지를 않는다.

하는 수 없이 내가 먼저 말했다. 요리사에 한번 도전해 보겠다고…… 어디 식당에라도 보조로 넣어달라고. 밥 당번을 해보니까 나만큼 잘하는 입소자들이 없더라고…… 다들 식재료를 주물럭거리기만 하고 맛도 하나도 없게 만든다고. 손도 느려 터져서 답답해 죽겠다고…… 내가 요리에 꽂혔다고……

내가 무슨 요리를 잘하는지, 요리를 해서 무엇을 하고 싶은지 설명하려는데, 갑자기 잔소리쟁이 여자 2가 벌떡 일어나더니, 나를 끌어안았다. 나는 의자에 앉아 있는데, 서 있는 여자가 몸을 구부려 나를 끌어안으니 모양새가 아주 이상했다.

"고마워요, 하나 쌤, 고마워요……"

나를 안은 두 팔을 풀지도 않은 채 잔소리쟁이 여자 2가 말했다. 팔을 푼 여자가 나를 바라보는데, 눈이 젖어 있다. 왜 저렇게 감격하는 거지? 요리사 하나 만들면 수당이라도 떨어지나? 잔소리쟁이 여자 2는, 하여간 한식당에 내 인턴자리를 마련해 보겠다고 했다.

1년에는 사계절이 있다고 한다. 봄, 여름, 가을, 겨울……

그걸 모르지는 않았지만, 안다고도 할 수 없었다. 업소에 있을 때는 계절을 느낄 겨를이 없었다. 낮에는 주로 잤고, 자지 않아도 나무나 풀이나 산을 쳐다볼 여유가 없었다. 그만큼 바빴다기보다, 그런 게 보이지 않았다고 해야겠지. 쉼터에 와서 사계절을 발견한 것도 아니다.

등산을 하면서 나는 비로소 사계절이 있다는 것과 봄과 여름은 다르다는 것, 가을은 또 다르다는 것을 알게 되었다. 일주일에 두 번씩 가는 등산은, 대부분은 같은 산으로 갔다. 코스를 달리하기는 하지만, 같은 산이라 계절의 변화가 더 또렷하게 느껴진다.

어느 새 가을…… 이름과 종류는 모르지만, 잎에 물이 든 나무가 많아졌다. 등산을 마치고 나서 뒤풀이를 할 때, 잔소리쟁이 여자 3이 말했다.

"쉼터를 떠나서 이사 갈 사람 있어요? 자리가 났는데……"

이사라…… 다들 기대에 찬 눈빛이었다. 쉼터 생활이 어느 새 2년, 변화가 있으면 좋을 것이다. 나도 신청해 봐? 이사를 하게 되면 자신만의 방을 갖게 된단다. 여러 명이 살 수도 있고 두 명이 살 수도 있는 집이지만, 방은 각자가 차지한단다.

그런데 조건이 있다. 월세를 내야 한단다. 그리고 한 달에 한 번 반상회에 꼭 참석해야 한단다.

나만의 방이라…… 매력은 있는데, 월세를 내라고? 나와 같은 생각을 했는지, 진주 씨가 내 귀에 속삭였다.

"우리가 자활하게 도와준다면서 업소에는 가지 말라고 하고……

우리는 아직 돈도 없는데 월세도 내줘야 하는 거 아닌가?"

나는 조금 혼란스러웠다. 월세를 내는 게 당연한 것 같기도 하고, 월세를 내는 게 억울한 것 같기도 하다. 독립해서 살라는 뜻이라는 건 알겠다. 월세를 내면 독립인 걸까?

나는 식당에 인턴으로 가면, 지지고 볶고 바로 요리를 배우는 줄 알았다. 그런데 아니었다. 고개 숙여 인사하는 법과 테이블 닦는 법, 쟁반 나르고, 그릇을 손님 테이블에 올려놓는 일만 두 달을 배웠다.

이제는 제법 잘한다고 생각하는데, 홀에 있는 매니저는 가끔씩 눈총을 준다. 반찬 그릇을 내려놓을 때 소리가 컸다거나, 테이블과 테이블 사이를 불안하게 지나갔다거나 뭐 그런 경우들……

주방에 들어갈 때도 있지만, 양파를 까거나 그릇을 정리할 때 정도다. 칼로 썰거나 무언가를 볶거나 그런 본격적인 조리는 나에게 넘겨주지 않았다. 하긴 조리사들이 장난 아니다. 칼질이며 프라이팬 돌리는 거며, 뚝배기에 달걀 하나 깨뜨려 넣는 것까지 예술이다. 쉽지는 않아 보이지만, 나도 할 수는 있을 것 같다.

퇴근하고 나서 나는 잔소리쟁이 여자 2를 찾아갔다. 그런데 그 여자가 퇴근하고 없었다. 나는 마음이 바빠져서 전화를 걸었다.

"오늘로 두 달 채웠거든요. 이제 조리사 자격증 따게 학원 보내주세요. 한식당 인턴도 계속 할게요."

잔소리쟁이 여자 2는 방법을 찾아보자고 했다. 방법을 찾아보자니, 웬 뜨뜻미지근한 대답이람? 난 내일 당장부터 배우고 싶은데, 배우고 싶은 걸 두 달이나 꾹 참고 있었는데, 너무한 거 아냐?

다음날 잔소리쟁이 여자 2를 우연히 만나기를 바랐지만 통 볼 수가 없었다. 교육을 받으러 갔나? 출장을 갔나? 아니면 휴가를 갔나? 그렇다고 또 전화하기는 존심 상하지? 어쨌든 방법을 찾겠다잖아?

기다리다 지친 나는 담배 덜 피우고 아낀, 피 같은 돈으로 서점에 가서 한식 조리사 책을 샀다. 더럽게 비싸다. 그런데 신기하다. 원래 이런 건지, 한식, 중식, 일식에 복어가 다 들어 있다. 복어는 독이 있는 생선이라서 조리사가 따로 있어야 하나 보다. 필기 시험이 문제로구나. 나는 글을 읽고 외우고 공부해 본 적이 거의 없는데……

그러고 보니, 이 책은 내가 생전처음 산 책이다. 영원히 간직해야지. 돈이 얼만데, 그럼 그렇고 말고.

내가 혼자 방을 써본 지가…… 한 번도 없는 것 같다.

어렸을 때는 할머니와 방을 같이 썼다. 집을 나온 후에는, 나처럼 가출한 친구들과 방을 같이 썼다. 방이라고 할 것도 없었다. 여기저기 떠돌아다니며 지냈으니까. 업소에 들어간 다음에는 방은 있었지만, 그 방이 내 방이라는 생각은 들지 않았다. 그 방은 빚이 자꾸 늘어나는 이상한 방이고, 주인이나 손님이 하는 명령대로, 주문대로 따라야 하는 공간이었으니까.

우리의 이사는 매우 단출했다.

나는 라면 상자 두 개와 큰 비닐 가방을 들었고, 다른 사람들도 비슷했다. 내 방은, 방이 세 개인 이 집에서 가운데 방이다. 창문이 제법 크다. 나는 창가에 화장품을 늘어놓았고, 창문틀 쪽으로는 조리사 수험서를 세워놓았다. 필기 시험이 걱정이다. 무슨 소린지 잘 모르겠는 문구가 너무 많다. 이 방에 사는 동안, 나는 한식 조리사가 될 수 있을까? 되어야 한다.

산업공단에서 하는 조리사 과정에 등록하기로 했다. 인터넷으로 등록할 수도 있지만, 잔소리쟁이 여자 2는 나더러 직접 가서 등록을 하고 오란다. 그 복잡한 과정은 말로 다 할 수 없다. 업소에 다닐 때는 내가 살던 집에서 업소까지 늘 택시를 타고 다녔다. 쉼터에 와서 버스를 타고 지하철 타는 것을 배웠다. 어떤 때는 택시를 타고 싶기도 하지만, 돈이 없으니까 탈 수도 없고, 버스를 타고 지하철을 타는 과정 자체가 다 내가 스스로 살아가는 연습을 하는 과정이니까 꾹 참고 탄다.

그런데 산업공단은 처음 가보는 곳이고, 거기 가서 상담을 거쳐 등록까지 내 힘으로 해야 한다니 걱정이 이만저만 되는 게 아니었다. 잔소리쟁이 여자 2에게 같이 가자고 했지만, 회의에 가야 한단다. 그러면서 나 혼자 다 해낼 수 있다고 했다. 갑자기 화가 치밀었다.

"아니 내가 혼자 다 할 수 있으면 쉼터에 왜 왔겠어요? 못하니까 도와달라고 온 거 아니에요? 그리고 선생님은 우리 같은 사람 도와주라고 있는 거잖아요? 도와주라고 월급도 받고!"

잔소리쟁이 여자 2도 소리를 질렀다.

"이제 하나 쌤은 잘할 수 있어요. 그만큼 도와줬으면 혼자 해야죠. 언제까지 하나 쌤한테만 매달려 있으란 말예요? 다른 분 도와주어야 한다고요. 이제부터는 뭐든 혼자 하세요. 해보시고 중간에 잘 안 되는 게 있으면, 다시 노력해 보세요. 세 번쯤 혼자 해보고, 그래도 안 되면 그때 전화 주세요!"

나 참, 드럽고 치사해서.

나는 버스를 두 번이나 갈아타고 가서, 상담을 받았다. 한식 조리사 과정을 이수하기는 쉬워도 시험에 합격하기는 쉽지 않다고 한다. 그래도 해야지 뭐. 될 때까지 하는 수밖에 없다. 다행히 상담하는 분은, 내가 어디에서 왔는지, 무엇을 하던 사람인지 모르는 것 같았다. 하긴 내 얼굴에 과거가 적혀 있는 게 아닌 줄은 나도 안다. 그래도 나는 업소 사람들이나 쉼터 사람들이 아니면 다른 사람 만나기가 거북

하다.

　등록을 하기 전에, 한식 조리사 과정 안내장을 들고 망설이고 있을 때, 한 여자가 말을 걸었다. 나보다 몇 살 더 많아 보이는 그 여자는 내가 묻지도 않았는데 자기 얘기를 했다. 애가 둘이라 돈 벌어야 해서, 조리사 자격증을 따려고 한다고. 분식집을 차리는 게 목표란다.

　나는 빨리 그 자리를 벗어나고 싶었지만, 여자가 계속 말을 해서 그럴 수가 없었다. 모르는 사람들 말을 듣고 이야기를 나누는 것도, 스스로 살아가는 연습 과정이자 공부라고 생각하고 미소를 띤 채 꾹 참았다.

　그런데 걱정이다. 저 여자랑 같은 반이 되어서, 나에게 내 얘기도 하라고 하면 어쩌지? 나는 애가 없으니 애 얘기를 할 수도 없고, 남편 얘기도 할 수 없고, 그냥 노처녀라고 할까? 가난한 집의 노처녀? 부모님이랑 살다가 부모님이 연로해서 돈 벌어야 해서 왔다고 할까? 결혼했는데 이혼했다고 할까?

　이 아줌마야, 제발 나에게 아무것도 묻지 말아 줘, 부탁이야……

　우리가 사는 집은 연립 주택인데, 한 동 전체에 쉼터 출신들만 산다.

3층 진주 씨네 집에서 첫 반상회가 열렸다. 잔소리쟁이 여자 3이 길길이 뛰고 난리가 났다. 반상회에 모두 참석하라고 했는데, 절반도 오지 않았기 때문이다. 이제부터 두 번 이상 빠지면 방을 빼게 한단다. 글쎄 그게 가능할까? 내가 경험한 바로는 저렇게 엄포를 놓지만, 우리가 따르지 않으면 결국은 우리를 봐주고 또 봐주고 그럴 걸?

그런데 이상한 점이 있었다. 반상회에 빠진 사람만 많은 게 아니고 월세를 안 낸 사람도 많다고 한다. 반상회 빠지는 건 사정이 있을 수 있다고 치지만, 월세 안 내는 건 도둑 심보 아닌가? 아니면 안 내는 게 정상인데 나만 바보같이 낸 건가? 잔소리쟁이 여자 3은 월세도 두 번 이상 안 내면 퇴소시킨다고 힘주어 말했다.

다른 쉼터에서 온 모르는 여자가 뻥튀기를 한 자루 들고 왔는데, 잔소리쟁이 여자 3이 그 여자를 칭찬했다.

"남의 집에 갈 때는 빈손으로 가는 게 아니라고 여러 번 말씀드렸는데, 오늘 한 분 빼고는 빈손으로 오셨어요. 다음 반상회에는 뭐든 선물이 될 만한 거나, 그게 아니면 음식 한 가지씩 만들어 오세요. 부침개 하나라도 만들어 오세요."

진주 씨가 내 귀에 대고 말했다. "진짜 귀찮게 한다, 그치? 나는 월세 안 낼 거야. 5만 원이면 차라리 화장품을 하나 더 사겠다, 흥!"

그동안 많은 일이 있었다.

쉼터에서 나랑 얘기를 제일 많이 했던 진주 씨가 나갔다. 월세를
계속 안 내고 반상회에도 참석하지 않았기 때문이다. 솔직히 놀랐다.
잔소리쟁이 여자 3이 진주 씨에게 질 줄 알았기 때문이다. 월세 내라,
반상회 참석해라, 독촉하다가 어영부영 그냥 넘어갈 줄 알았다. 그런
데 매섭게 혼을 내고 따지더니 결국 내보냈다.

바깥세상에서는 월세를 안 내면 그날로 당장 쫓아낸단다. 계약을
어긴 거라서 재판을 받을 수도 있단다. 바깥세상에서는 법과 규칙을
지키지 않으면 문제가 생기고 손해를 보게 된단다. 사회 생활하는 법
을 여기서 연습하는 거라고, 그 연습은 매우 중요하다고 강조했다.

처음에는 좀 치사한 것 같았는데, 다시 생각하니 치사한 일만은
아닌 것 같다. 나는 쉼터 사람들과 죽을때까지 함께 사는 것도 나쁘
지는 않을 것 같다. 그러나 세상에 나가 평범하게 살고 싶은 마음이
크다. 기왕 마음먹은 거 한번 해봐야 하지 않겠는가.

남들처럼 평범하게 살려면, 월세도 내고, 반상회에도 참석하고,
약속도 지키고, 속상하고 치사한 마음이 들어도 다시 한 번 더 생각
해 보고 행동해야 한다.

다른 사람들도 내 마음 같은지, 반상회할 때는 나누어 먹을 음식도 만들어 오고, 등산에도 빠지지 않고, 월세도 잘 내는 것 같다. 이렇게 몇 가지만 지키면 나도 혼자서 잘 살아갈 수 있게 될까? 그렇다면 좋겠다.

~·~·~·~·~·~·

이번에도 땡!

나는 한식 조리사 필기 시험에서 두 번째 떨어졌다. 잔소리쟁이 여자 2가 이번에는 응원까지 왔는데, 쪽 팔린다. 역시 공부라는 것은 어렵구나. 그런데 너무 기죽을 필요는 없는 것 같다. 응시한 사람이 열 명이라면, 필기 시험에 붙는 사람은 서너 명밖에 안 된다. 내가 업소에 오래 있어서 공부를 못하는 게 아니라 세상 사람 모두가 공부에 별로 소질이 없는 것이다.

실기 시험은 필기 시험보다 붙기가 더 어렵단다. 하지만 나는 필기만 붙으면 실기는 진짜 자신 있는데…… 산업공단 한식 조리사 과정 선생님도 그러셨다, 내가 잘한다고, 필기나 얼른 붙으라고.

내가 인턴을 하는 한식당에서는 나의 목표를 알고 주방에 넣어주었다. 하지만 아직 칼질은 못하고 있다. 재료를 씻고 다듬고 정리하는 것만 허락되었다. 하지만 나도 조리를 직접 할 날이 멀지 않을 것

이다. 필기 시험 합격하고, 실기 시험 합격하고 나면, 그때는 나도 조
리사!

　가끔 마음에 걸리는 것은, 한식 조리사 자격증 반에 같이 다니는
하영애 씨다. 영애 씨는 애가 둘인데, 내가 등록하던 날 나에게 말 걸
었던 그 여자다. 나는 두 번이나 영애 씨네 집에 놀러 갔다. 수업 시간
에 배운 '수란'이나 같이 만들어 먹자고 자꾸만 오라고 해서 갔다.
　쉼터 선생님들이 가르쳐주신 대로, 음료수를 사고 그 집 아이들
이 먹을 과자도 두 봉지나 샀다. 휴, 만 원이 넘게 지출되었다. 하지만
'이것도 평범하게 사는 공부야. 공부를 공짜로 하려고 하면 안 돼' 하
고 생각하며 과감하게 돈을 썼다.
　하영애 씨는 내가 어디 사는지, 어떻게 사는지 자꾸 궁금해 했다.
쉼터에서 살았더라면 어디 사는지도 말 못해줄 뻔했는데, 이렇게 남
들처럼 평범한 집에 사니까 동네를 말해줄 수 있어서 다행이었다. 나
는 연립주택에 방이 셋 있는데 방 하나에서 월세를 산다고, 그래서
집에 데려가기가 부끄럽다고 말해주었다.
　영애 씨는 이해한다는 듯 여러 번 고개를 끄덕였다. 영애 씨 같은
평범한 아줌마가 우리 집에 와본다면, 그것도 우리 같은 사람들끼리
산다는 걸 알면 기절하겠지? 당분간은 나에 대해서는 비밀이다. 경우
에 따라서는 영원히 비밀로 해야 할 수도 있다.

기억할 것은 내가 나의 과거를 바꿔놓을 수 있을 때까지, 오늘이라는 하루하루를 잘살아야 한다는 점이다.

그러다 보면 과거를 자신 있게 말할 수 있는 날이 올 것이다. 아니면 내가 그런 과거가 있었다는 걸 아무도 상상도 못하게 만들어버리면 되는 거다. 그게 과거를 바꾸는 일일 것 같다.

아, 머리 아프다. 과거에 대한 생각만 하면 머리가 아프다. 그래도 생각은 해야 한다. 평범하게 살게 되면, 그때는 과거가 나를 괴롭히지 않으려나? 표백제가 있다면 과거를 다 표백해 버리고 싶지만, 과거의 나를 인정하고 받아들이는 것부터가 독립하는 첫 번째 단계라고 했으니, 배운 대로 생각하려고 나는 애쓴다.

나는 요즘 버스도 지하철도 잘 타고, 한식당과 산업공단에서 인사도 잘한다. 내가 친절하게 대하니까 사람들도 나를 친절하게 대한다. 조심할 일은, 욕 같은 거 튀어나오지 않게 하는 것이다. 나도 모르게 욕이 아직도 튀어나온다. 한식 조리사 자격증 꼭 따서 혼자서도 잘 살아가야지.

잔소리쟁이 여자 1, 2, 3은 이제는 별로 거슬리지 않는데, 그래도 그들과 헤어지는 것이 나의 목표다. 내가 잘 독립해서 그들과 헤어지는 것을 그들도 바란다. 필기 시험 떨어졌다고 하니까, 잔소리쟁이 여자 2가 말했다.

"하나 쌤, 합격하시면 그만 괴롭히려고 했는데, 어쩌죠? 계속 잔소리하고 또 괴롭혀드려야겠네……"

그래서 내가 말해주었다. "쌤, 그게 무슨 섭한 얘기유? 더 괴롭혀주세요. 더, 더 많이…… 내가 완벽하게 스스로 잘 살아갈 힘이 생길 때까지 책임지고 괴롭혀줘요, 알았죠 잉!"

그건 내 진심이었다.

04

나를 지켜주는 딸과 오뚝이

1

집에 오면, 당신은 제일 먼저 무엇을 하는가?

씻고, 혼자 있게 되면, 나는 내가 가진 유일한 장난감, 오뚝이를 이리 툭, 저리 툭 건드려준다. 오뚝이는 내가 미는 대로, 이리로 쿡, 저리로 쿡, 방바닥에 머리를 찧지만, 곧 몸을 일으켜 앉는다. 흔들거리면서도 기를 쓰고 똑바로 앉는다. 눈을 동그랗게 뜨고 나를 바라보는 오뚝이.

'그래, 나도 오뚝이가 되어야 해. 쓰러지면 안 돼…… 오뚝아, 나에게 힘을 줘. 나도 너처럼 쓰러졌다가도 얼른 일어나게 도와줘. 나는 너처럼 될 거야, 너처럼……'

잠자리에 드는 시간이 되면, 나는 오늘 하루를 정리하는 메모를 간단히 하고, 오늘보다 더 나은 내일을 다짐하며 자리에 눕는다.

곧 코를 골며 잠들고 싶지만, 대개는 잠이 오지 않는다. 낮에, 어르신들 몸을 번쩍번쩍 들어서 온몸이 아프고 곧 쓰러질 것처럼 피곤해도, 요 위에 누우면 잠은 저만치 달아나고, 천장에는 눈동자가 보인다. 그 애의 눈동자가……

어떤 날은 측은한 듯 나를 보는 눈에 눈물이 어려 있고, 어떤 날은 기특하다는 듯 나를 다독이는 눈빛이다. 결국 나는 일어나 앉아, 천장에서 내려와 내 가슴에 안긴 딸의 눈을 보며 이야기를 시작한다.

"딸, 오늘 잘 지냈어? 거기서는 어떻게 지내니? 나는 네가 있는 세상을 상상할 수가 없어. 하지만 그곳은 좋은 곳이겠지. 너는 착하고 좋은 아이니까, 거기서는 행복하게 살고 있을 거야. 엄마? 엄마는 오늘 조금 힘들었어. 내가 일하는 케어센터에는 어르신들이 모두 스물여덟 분이나 계신단다. 지난번에 얘기한 그 초록 리본을 머리에 단 할머니 말이야, 오늘은 나를 펑펑 치지 뭐야. 그 마른 몸 어디에서 그런 힘이 나는지 내 팔을 꽉 움켜쥐는데, 나도 모르게 '으악!' 하고 소리를 다 질렀다니까.

비가 오거나 날이 흐리면 어르신들은 다른 날보다 더 거칠어지는 것 같아. 아프지 않은 사람들도 날이 흐리고 비가 오면 컨디션이 맑은 날만 못하잖아. 그런 이유가 아닐까? 그래도 엄마, 잘하고 있는 거지?"

아이의 눈동자가 깜빡이며 나에게 그렇다고 말해주면, 그날은 잠자리에 다시 들 수 있다. 그러나 그렇지 않은 날도 많다.

아이가 눈을 깜빡이질 않는다. 멍하니, 먼 곳에서 아주 슬프게 나를 바라보는 것 같은 때가 있다. 그런 때는, 내가 아이한테 가야 하는 건 아닐까 싶어진다. 눈물이 나고, 가슴 저 안쪽이 쓰리면서 쪼개지듯 아파오면, 어둠 속에서 오뚝이를 찾는다. 이리 툭, 저리 툭, 쓰러진 오뚝이는 비틀거리다가 다시 일어서고, 내 마음도 오뚝이의 몸짓을 따라 쓰러졌다가 휘청거리다가 다시 일어난다.

"딸! 네가 바라는 것은, 엄마가 지금 널 찾아가는 건 아니지? 나도 알아. 여기서 열심히 사는 게 네가 바라는 거지? 그걸 알면서도 가끔은, 그냥 너에게 가고 싶어. 딸, 내가 지켜주지 못해서 미안해. 그 무서운 집에 너를 두고 와서 미안해. 엄마는 너를 어떻게든 데리고 오려고 했어. 무슨 일이든 닥치는 대로 하면서, 사람들이 손가락질하는 일까지 하면서 너를 데려오려고 했단다.

그런데, 그런데 네가 그만…… 네가 아주 먼 곳으로 떠났다는 소식을 들은 날을 잊을 수 없어. 나는 내 손가락을 깨물며 울었어. 머리카락을 쥐어뜯으며 울었지. 한참을 울고 나니, 내 손가락 사이에 머리카락이 한 움큼이나 들어 있더라. 나는 아프거나 따가운 줄도 몰랐어. 너는 얼마나 외로웠을까? 흉기 앞에서 얼마나 무서웠을까? 곁에 없는 엄마를 얼마나 원망했을까……?"

2

오늘은 다른 날보다 일찍 와서 쌀밥을 짓고 미역국을 끓였다.

그룹홈 식구들도 다들 맛있다고 했다. 식구들이 밥을 먹기 전에, 나는 밥 한 공기와 국 한 대접을 떠서 쟁반에 담아 내 방에 가져왔다. 윗목을 치우고 쟁반을 놓았다. 오늘은 딸의 생일.

"이제 우리 딸은 스물두 살이 되었겠네? 거기서는 케이크에 초를 밝히는지 궁금해. 생일 축하 노래는 천사들이 불러줄까? 엄마는 너에게 해줄 것이 아무것도 없어서, 이렇게 미역국만 끓였단다. 너의 생일을 잊지 않기 위해, 내 마음 안에 사는 너에게 축하해 주고 싶어서.

엄마는 오늘 그 어느 날보다 열심히 일했단다. 요양보호사라는 직업은 생각보다 쉽지 않아. 하지만 이 할머니가 나의 외할머니일 수도 있다고 생각하고, 저 할아버지가 내 할아버지라고 생각하면서 잘 해드렸어. 너를 낳던 날이 생각난다. 나는 그 전날도 네 아빠한테 욕설을 들었고 매를 맞았지. 그래도 다른 날에 비하면 심하지 않았어. 네가 태어날 걸 알았나봐. 네가 태어나자 나는 기운이 막 솟았단다. 이 세상에 온전한 내 편이 하나 생긴 거잖아. 천사같이 어여쁜 내 편이 생겼잖아.

너는 생글생글 웃으며 나에게 힘을 주었지. 너를 위해서라면 가정을 깨면 안 될 것 같았어. 그래서 네 아빠가 때리는 것도 참았단다. 하지만 점점 강도가 심해지고, 어느 날부턴가는 이러다가 내가 맞아서 죽겠다는 생각이 들었어. 그래서 엄마는 너를 두고 나올 수밖에 없었던 거야. 이해해 주겠니?

딸…… 생일을 축하해. 너는 한창 아름다울 나이로구나……"

3

"딸, 오늘 엄마 좀 칭찬해 주라. 오늘 엄마가 좋은 일을 한 것 같아. 아니, 아직 결과는 모르겠어. 하지만 왠지 좋은 일로 연결될 것만 같아. 엄마가 전에 일하던 업소 후배하고 연락이 닿았어. 내가 먼저 적극적으로 얘기해 주었지. 일단 나오라고. 나오면 당장 할 것도 없고 돈도 못 벌 것 같지만, 일단 나오면, 마음만 다부지게 먹으면, 무슨 수가 생긴다고 했어. 정 힘들면 내가 도와주겠다고 했어. 쉼터도 소개해 주고, 업소 일을 하지 않고 혼자 설 수 있을 때까지 도와줄 분들도 소개해 주겠다고 했어.

후배는 겁을 내더라. 전에도 업소를 나온 적이 있대. 그런데 혼자 그런 일 하지 않고 살아보려고 애쓰다가, 너무 쪼들려서 다시 업소로 돌아갔다지 뭐야? 어렵게 결심했는데, 주변에 도와주는 사람이 없으니까 그렇게 된 거지. 내가 보기에 그 후배는 나오면 잘할 수 있을 것 같아. 내가 도와주면 더 잘할 수 있을 거야.

엄마가 큰이모 얘기 했지? 엄마가 사는 그룹홈에 있던 제일 큰 언니. 그 언니는 후배들에게도 잘해주고 일도 무척 열심이었어. 바리스타 자격증을 따고 커피숍에서 인턴 생활도 아주 잘하더니, 자기 가게를 차려서 나갔단다. 자기 가게를 차려서 나간다는 건 여기서는 정말 굉장한 성공이야. 그 언니는 나에게 그룹홈에서 다른 사람과 어떻게 어울려야 하는지, 직업이 왜 중요한지 가르쳐주었단다. 그 언니처럼 나도 후배에게 힘과 용기를 주고 싶어.

그 후배가 쉼터에 오면 영화 치료와 사이코드라마 치료를 꼭 받으라고 할 거야. 엄마는 그게 제일 좋았거든. 영화 치료와 사이코드라마는, 과거를 들여다보면서 집요하게 자기 자신을 만나는 프로그램인데, 지도해 주는 선생님이 마음 아주 깊숙한 데 있는 것까지 다 꺼내놓게 도와주거든. 나는 지난 상처를 꺼내보면서 얼마나 꺼이꺼이 통곡을 했는지 몰라. 이야기하고 울고 또 이야기하고 울고 하는 과정을 거듭하다 보니까, 속도 시원하고, 내 자신이 안쓰러우면서 앞으로는 내 자신을 소중하게 여겨주며 잘살아야겠다는 생각이 들더라.

몽둥이 생각도 난다. 사이코드라마 치료할 때, 몽둥이로 샌드백을 막 때리는 시간이 있거든. 분노를 표출하는 시간인데, 처음에는 몽둥이를 휘두르는 것 자체가 힘들었어. 우리는 평소에 뭔가를 때리거나 두드리며 살지는 않으니까, 그런 동작이 낯설고 얼른 손이 움직여지지 않아. 그건 어떤 의미에서는 다른 사람을 때리지 않고 살아왔다는 뜻이기도 할 거야.

그런데 막상 휘두르고 두드리고 때려보니까, 내 안에 있던 어두운 덩어리가 통째로 쏟아져 나오는 것 같았어. 나는 기둥을 니 아버지라고 생각한 적도 있고, 나의 생부라고 생각한 적도 있단다. 내가 업소에서 일할 때 나를 힘들게 했던 남자들이라고 생각한 적도 있고, 이혼하고 일찍 집을 나가버린 내 엄마라고 생각한 적도 있어. 다른 프로그램도 좋지만, 엄마는 후배에게 그 프로그램에 꼭 참여하라고 권할 거야. 그 후배도 사연이 많은 것 같았어. 분명 맺힌 한도 많고 풀어야 할 응어리도 많을 거야.

남을 도울 생각까지 하다니, 엄마 멋있어졌지? 엄마는 앞으로도 연락이 닿기만 하면, 동생들더러 업소에서 얼른 나오라고 할 거야. 그리고 다른 일을 하면서 살 수 있도록 도와줄 거야. 누가 그랬다더라…… 잊어버렸는데, 한 사람을 돕는 것은 지구에 사는 모든 사람을 돕는 거나 마찬가지래. 그만큼 가치 있는 일이래. 상상해 보면 그럴 것도 같아. 내가 누군가를 행복하게 해주면, 그 사람 식구나 친구들도 행복해질 거고, 그 주변 사람의 주변 사람들이 행복할 거고, 그렇게 멀리멀리 행복이 퍼져 나갈 테니까, 한 사람을 행복하게 해주면 수많은 사람을 행복하게 만드는 효과가 있을 거야.

딸, 그런데 정작 엄마는 너 하나를 행복하게 해주지 못했네…… 그걸 생각하면 가슴이 아프다. 네가 조금만 더 안전한 환경에 있었더라면, 너를 데려올 만큼 내가 돈을 모았더라면, 네 아빠가 그런 사람만 아니었더라면, 너를 데려올 처지만 되었더라면, 그러면 지금 내가 사는 곳에 너도 함께 있을 거고, 그러면 세상은 훨씬 아름다울 텐데……

나는 너에게 못해준 것을, 다른 사람들에게 조금씩이라도 나눠주려고 해. 그래야 너한테 덜 미안하잖아. 특히 여자들에게 도움을 주고 싶어. 너 대신, 내 딸 대신, 다른 여자들에게, 어린 여자들에게……

딸, 그곳에서는 많은 것 이루며 밝고 아름답게, 명랑하게 살아야 해. 우리 다시 만나게 되는 날까지, 둘 다 열심히 살자……"

4

"딸, 오늘 하늘나라의 날씨는 어땠니? 그곳은 비가 와도 별비가 내릴 것 같아. 아니면 꽃비가 내리려나? 나는 오늘 왠지 울적했어. 비가 와서 그럴까? 이렇게 열심히 살아도 잘 안 될 것 같고, 스스로 서지 못할 것 같고, 비참한 아줌마, 초라한 할머니가 될 것만 같았어.

그래서 종이를 꺼내서 적어봤어. '내가 잘한 일'-이렇게 제목을 붙여 봤지.

숫자 1에다가 동그라미를 치고, 무얼 적었는지 아니? '우리 딸을 낳은 일'이라고 적었단다. 내가 인생에서 가장 잘한 일은 너와 만난 일이니까. 우리가 오랜 시간 같이 있을 수 없어서, 그건 마음 아프지만, 그래도 너는 언제나 나에게 1번이야. 내 마음속에서는 영원히 네가 살고 있으니까.

내가 두 번째로 잘한 일은, 너에게 조금 미안한 일이지만, '집을 나온 일'이란다. 그건 더 이상 맞고 살지 않겠다는 결정이었지. 내가 이 세상에 태어날 때는, 아름답게 행복하게 잘살라는 하늘의 뜻이 있었을 텐데, 매일 매 맞고 피 흘리며 사는 건 잘사는 게 아니었어. 혹시 너에게 피해가 갈까봐 참고 있었는데, 어느 날 깨달음이 왔지. 이렇게 계속 맞고 산다면, 내 아기에게도 분명히 좋은 영향을 주지 않을 거라는 깨달음. 매일 맞고 고통 속에서 눈물 흘리는 엄마라면, 딸에게도 부드럽게 대하기 힘들지 않겠니? 나는 매로부터 벗어나서 나를 보호한 다음에, 열심히 일해서 너를 데려올 생각이었단다. 그래서 가리지 않고 온갖 일을 다 했어. 그런 노력이 소용없어져 버렸지만, 그때도 힘든 나를 지켜준 사람은 바로 너였단다.

내가 세 번째로 잘한 일은, '그곳에서 벗어나기로 결정한 일'이야. 여러 가지 일을 하면서 돈을 모았지. 너와 같이 살 방을 구하려고. 그런데 돈이 잘 모이지 않았어. 그래서 애가 타는 참인데, 친구가 나를 이상한 자리에 소개했단다. 그 이상한 자리에서 나는 15년을 지냈단다. 돈도 못 벌었어. 엄마는 그때는 너랑 대화를 하지 않았단다. 네 생각을 자주 하기는 했지만, 이렇게 대화를 나누지는 않았어. 그런데 병원에 입원했을 때, 어느 날 밤 목소리가 들렸지. "엄마, 계속 거기 있을 거야? 나는 엄마가 거기서 나왔으면 좋겠어……" 하늘의 네가 나에게 그렇게 말하는 소리가 내 가슴속에서 들렸지. 그래서 나는 그곳을 나오기로 결정했단다.

그러고 보니 내 인생에서 소중한 결정들은 모두 우리 딸이 만들어주었네? 우리 딸 고맙다. 우리 딸이 나를 좋은 곳으로 계속 이끌어주었다고 생각하니, 혼자 미소를 짓게 되고 울적하던 마음이 사라진다.

이만 자고 내일 또 열심히 살게."

5

오늘은 여성학을 가르친다는 대학 교수가 찾아왔다. 인터뷰를 하고 싶단다. 내 경험이 다른 사람에게 도움이 되는 인터뷰라면 의미가 있을 것 같아 허락했다.

　나는 지난 이야기를 그저 사실대로 이야기했을 뿐인데, 대학 교수는 무척 놀라며 박수까지 치면서 칭찬을 했다. 나더러 공부에 소질이 있는 것 같단다. 공부를 더 하는 건 어떻겠냐고 했다. 나도 공부 욕심이 있으니까 대학에 가고는 싶지만, 글쎄 현실이 받쳐줄지는 모르겠다.

　"딸, 칭찬이라는 것은 어떤 걸까? 칭찬이 내게는 굉장히 낯설다는 걸 오늘 처음 깨달았어. 칭찬은 고래도 춤추게 한다는데, 칭찬은 그 사람을 더 잘하게 만들고 긍정적인 성격으로 만든다는데, 왜 나는 그 좋다는 칭찬이 불편했을까? 엄마가 무슨 칭찬을 받았느냐 하면, 여러 가지였어. 우선 쉼터에서 잘 지낸 일을 칭찬받았어.

　쉼터에 와서 적응하지 못하는 사람들도 있는데, 나는 선생님들과 동료들과 잘 지냈단다. 처음 일주일은 두려웠어. 모르는 사람들과 생활한다고 생각하니 어떻게 대해야 할지도 모르겠고, 엄마가 성매매업소에서 생활한 지가 오래되어서 다른 만남을 모르기도 하고. 그런데 조용히 귀를 기울여서 사람들 얘기를 듣다 보니 두려움이 조금씩 사라졌어. 듣기만 하다가 나도 입을 열었더니, 사람들과 이야기하는 것도 좋아졌어.

　왜 그렇게 쉽게 적응할 수 있었을까 생각해 보니까, 거기 있는 사람들이

거의 내 또래거나 언니뻘 되는 사람들이어서 그랬던 것 같아. 만약에 나보다 한참 어린 사람들이 있다면, 부끄럽고 민망해서 얘기도 잘 못했을 거고 적응도 쉽지 않았을 거야. 그렇게 마음이 열리면서 여러 가지 프로그램에 열심히 참여했더니, 점점 나 자신에 대해 깊이 들여다볼 수 있게 되었어. 내가 뭔가를 배우고 싶어 하는구나, 내가 좋은 사람이 되고 싶어 하는구나, 열심히 살고 싶어 하는구나, 내가 지나간 상처를 잘 여미고 발전하고 싶어 하는구나, 하고 나 자신을 발견하게 되더라니까.

아, 검정고시도 칭찬받았어. 엄마가 초등학교만 다닌 건 너도 알지? 네 외할머니와 외할아버지는 엄마가 어렸을 때 이혼하셨단다. 엄마의 엄마는 만날 수 없었고, 엄마의 아버지는 좋은 사람이 아니었어. 딸은 공부할 필요 없다고, 살림을 하라고 했어. 그래서 나는 초등학교만 졸업하고 어린 주부가 되어 집안 살림을 했단다. 초등학교 다닐 때도 집안일을 도맡아해야 해서 공부에 재미를 붙일 틈이 없었어. 그래서 나는 내가 공부를 싫어한다고 생각했단다.

그런데 쉼터에 와서 생활하다 보니, 공부가 하고 싶었어. 중학교를 졸업한 거나 마찬가지가 되는 고입 검정고시 준비를 시작했지. 그런데 공부가 재미있었어. 검정고시 학원에 다니는데, 거기는 어린 학생들도 많았거든? 나는 완전 아줌마잖아. 그런데도 하나도 창피하지 않고 거기 가는 게 행복했어. 외우고 또 외우면서 준비했단다. 배운 것을 반복해서 복습하는 것도 재미있었어.

쉼터에서는, 내가 고입 검정고시에 단번에 붙으니까 놀라더라. 아마 재미있어서 한 공부라서 결과가 좋았나봐. 왜 그런 말 있잖아, 열심히 하는 것은 즐기며 하는 것만 못하다고. 고입 검정고시에 합격하고 나자 대입 검정고시에도 도전하고 싶은 욕심이 생기겠지? 대입 검정고시는 내용이 한층 어려웠는데, 이상하게 그것도 재미있지 뭐야? 엄마는 그것도 한 번에 합격했단다.

내가 내 안을 가만히 들여다보니, 엄마는 늘 공부가 하고 싶었던 것 같아. 뭔가 부족하다는 생각도 들고 더 알고 싶은 게 많았던 것 같아. 합격을 확인하던 날 얼마나 기뻤는지 몰라. 쉼터 선생님들도 같이 기뻐해 주셔서 나는 내가 자랑스럽고 뿌듯했단다. 이력서에 초졸이라고 썼다가, 중졸로 바꿔 쓰고, 다시 고졸로 바꿔 쓰는 이 기분은 아무도 모를 거야.

그런데 나를 인터뷰한 대학 교수도 얼마나 칭찬을 하는지, 내가 다 우쭐해지더라니까. 그 대학 교수도 권했듯이, 여건이 조금 나아지면 엄마도 대학에 진학하고 싶어. 사이버대학 같은 데는 돈도 적게 들고, 학교에 직접 안 가도 되니까, 그쪽으로 알아보려고 해. 노인 복지 쪽으로 공부를 더 깊이 하고 싶어. 그러면 지금 하는 일도 더 잘할 수 있을 거고, 더 좋고 안정된 자리로 옮길 수도 있지 않을까?

사실 엄마가 요양보호사 시험에 합격한 일도 주변에서 칭찬을 많이 해준단다. 요양보호사 시험이 쉽지는 않거든. 그런데 두 번의 검정고시 뒤에 그 시험도 단번에 합격했잖아. 검정고시도 그렇고 요양보호사도 그렇고, 단번에 합격한 걸 보면 아무래도 내가 시험 공부에 소질이 있긴 있나봐.

그러고 보니 그런 모든 순간순간에 우리 딸이 곁에 있어주었다는 생각이 든다. 그러지 않고서는 거둘 수 없는 성과들이었어. 공부하다가 공부가 안 되면 너랑 얘기하고, 집중하게 해달라고 너에게 기도도 했으니까. 우리 딸을 생각하니 엄마 마음이 따뜻해진다. 언제나 나를 좋은 곳으로 이끌어주는 우리 딸, 그만 잘게. 내일 또 이야기하자."

6

"딸, 오늘은 남대문시장에 갔어. 나는 남대문시장에는 잘 안 간단다. 너도 알다시피 엄마가 그 근처 성매매업소에서 일했잖아. 아픈 기억이 있는 곳이니 그쪽은 가기가 싫어. 부끄럽고 남이 나에게 손가락질을 하며 "너, 저기서 몸 팔았지?" 하고 떠들어댈 것만 같았어.

그런데 내 안에 그동안 힘이 생겼는지, 오늘은 남대문시장을 이리저리 다니면서도 괜찮았어. 나는 이제 달라졌고, 지난날의 내가 아니니까, 내가 열심히 사니까, 내가 자신 있으니까, 마음이 평화로웠던 것 같아.

그런데 아동복 매장을 지날 때부터는 나의 과거 때문에가 아니라, 네 생각이 나서 마음이 아팠단다. 너에게 그런 예쁜 옷도 못 입혀보았잖아.

내가 네 소식을 다시 들은 그때도, 남대문 근처에 있을 때였지.

네 고모가 어떻게 알고 나를 찾아왔어. 네가 이 세상에 없다고, 그런데 보험금을 타야 하니 협조해 달라고. 너와 같이 살 날만 기다리며 힘든 업소 생활을 이어가던 나는 그대로 넋이 나갔지. 그런데 그 다음에 들은 얘기는 더 기가 막혔어. 네 작은아버지는 평소에도 정신 이상이던 사람인데, 그 사람이 자기 아들과 너, 그리고 네 할머니까지 흉기로 그만…… 나는 까무러치고 말았단다.

의식이 돌아온 다음에는 눈앞에 헛것이 보여 계속 헛소리를 했단다. 이상한 소리도 귀에 들렸지. 그때 내가 계속 중얼거린 말은 이것뿐이었대. '내가 데리고 나올 걸. 고생해도 데리고 나올 걸. 같이 죽든 살든 데리고 나올 걸……'

네가 그만 하늘의 별이 되었다는 소식을 들은 후, 나는 이제 어떻게 사나, 아득해졌어. 너에게 미안하고 또 미안해서 아무것도 먹을 수 없고 잠도 잘 수 없었단다. 친구가 술을 권하더구나. 잠을 좀 자라고. 나는 술을 마셨어. 술에 취하니까 쓰러져 잠을 잘 수 있었고, 나는 자꾸자꾸 술을 마셨단다. 이번에는 술 때문에 몸이 더 상하는 지경이 되었지. 아무렇게나 되어도 상관없다는 마음이었어. 우리 딸도 없는 세상에 살아서 무엇 하나 싶었지.

그렇게, 내가 내가 아닌 상태에서 한 5년을 보냈나봐. 그 시기에는 사람과 거의 이야기를 하지 않은 것 같아. 강아지하고만 말하고, 내 눈앞에 나타난 환시의 주인공과 이야기하고, 술만 마시면서 몸이 아파도 돌봐주지 않았어. 내 몸이 알아서 죽기를 바랐지. 그런데 몸을 마구 학대해도 죽지를 않는

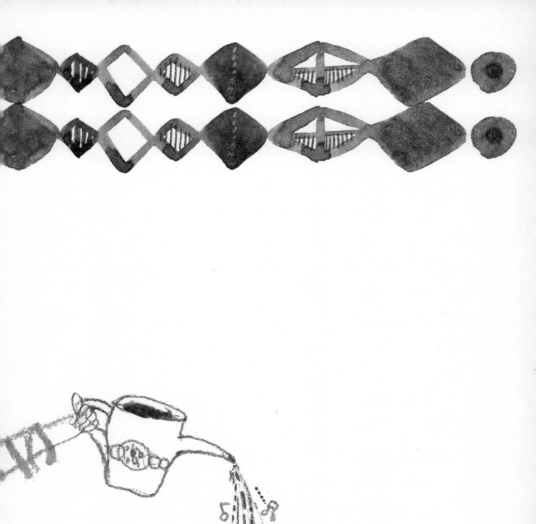

거야. 그래서 나는 너를 따라가야겠다고 생각하고, 해서는 안 될 일을 저질 렀단다.

'아가, 내가 갈게. 내가 너한테 갈게. 내가 너를 따라갈게……' 하고 눈을 감았는데, 다시 눈을 떴을 때는 하얀 천장이 보였어.

나를 발견한 사람이 119에 신고를 했대. 미수에 그쳤지만 자살 사건이라 경찰이 조사를 왔는데, 그분이 정말 고마운 분이야. 조사하면서 내 사정을 아시고는, 사회복지사를 연결해 주셨거든. 그 덕에 환청과 환시도 고칠 수 있었고, 쉼터에도 오게 되었단다.

그 경찰 아저씨가 그러셨지. "고생하며 사셨으니까, 이제 고생 그만하셔 야죠. 거기 있으면 계속 고생합니다. 남들처럼 사는 게 덜 고생하는 거니까, 힘을 내서 거기서 나오세요. 하려는 뜻만 있으면 길이 있을 겁니다. 쉼터에서 길을 한번 찾아보세요……"

나는 경찰 말을 들으면서도, 정말 길이 있을까 싶었단다. 익숙한 업소로 다시 돌아가야겠다는 생각이 먼저 들었어. 그러던 참에, 네 목소리를 들은 거야. 거기, 업소에서 나오라는 네 목소리…… 경찰 아저씨와 네 덕분에 나는 그때부터 내가 갈 수 있는 새로운 길이 있다면 그리로 가고 싶다고 바꿔서 생각하게 되었단다.

세상에는 고마운 사람도 참 많지? 엄마가 새로운 길을 가겠다고 결정하 고 나니, 도와주는 사람도 많고 덩달아 고마운 사람들도 많아지더구나. 나를 도와준 사람들에게 보답하기 위해서라도 엄마는 씩씩하게 잘살 거야.

사람들은 기운이 없고 슬럼프에 빠지면 시장에 간다더라. 엄마도 요즘 기운이 좀 없었던 걸까? 남대문시장에 다녀오고 나니 힘이 난다. 남대문시장, 그곳은 나의 아픔이 묻혀 있는 곳, 통곡 속에 네 소식을 들은 곳, 그러나 오늘은 그곳에서 내가 힘을 얻었어. 상처는 아프지만, 상처가 아문 데서는, 더 단단한 살이 돋아나지. 흉터가 남아서 보기는 좀 그렇지만, 울퉁불퉁 솟아난 새살은 그 전에 있던 살보다 강해. 남대문은 나에게 그런 곳이 되고 있단다. 엄마는 어딜 가든 점점 당당해지고 있어."

7

내가 다니는 노인케어센터는 사랑으로 어르신들을 보살피는 곳이지만, 직원들 사이에도 사랑이 넘치는 것은 아니다. 나는 자주 저들의 시선이 나를 훑는 것을 느낀다. 입으로 하는 말보다 시선으로 하는 말이 더 솔직한 법이다.

나를 무시하는 듯한, 나를 깔보는 듯한 느낌…… 그래서 오늘은 따졌다. 그랬더니 무시한 적이 없단다. 나는 무시당했다고 느끼는데 무시한 적 없다니, 때려놓고 때린 적이 없다고 했던 전 남편이 생각났다.

내가 여기에 처음 실습을 나왔고, 원장님 소개로 일을 하게 되었기 때문에, 내가 쉼터 출신이라는 것을 센터 사람들은 다 알고 있다. 외면

받는 이 느낌, 다른 일터로 가면 달라질 수 있을까?

케어센터에서 당한 일 때문에 더 예민해졌던 걸까? 그룹홈에서 처음으로 후배와 싸웠다.

나는 사실 싸워야 할 순간에도 싸움을 못한다. 어려서부터 눌려 지냈고, 엄마가 없고 나를 지켜줄 사람이 없다 보니, 참고 사는 데 익숙하다. 생부에게 성폭행을 당했을 때도 어린 나는 참았다. 참다 참다 열일곱 살에 집을 나왔다. 공장에 들어가 일을 하다가 남자를 만났다. 공원에서 우연히 만나 잠시 이야기를 했을 뿐인데, 나는 그날 밤 그 남자 집으로 들어갔다.

그 남자에게 첫눈에 반해서가 절대 아니었다. 잘 곳이 필요했고, 저녁밥도 먹어야 했다. 나보다 여덟 살이 더 많은 그 남자는 내 기대와는 달리 폭력적인 사람이었다. 나는 잠자리와 밥을 위해 폭력을 참아냈고, 다음에는 딸을 위해 매질을 견뎌냈다. 견디고 또 견디다가 더는 못 견뎌서 그 남자의 집을 나왔다.

업소에서도 나는 참기만 했다. 그곳에서 나가고는 싶었지만, 나갈 방법이 없다고 생각했다. 누가 탈출했다가 다시 잡혀왔다는 소문도 많이 들어서, '나가봤자 다시 잡혀오는구나. 그러면 더 힘들 테니 그냥 참고 지내자', 그러고 살았다.

생각해 보면 내가 요양보호사 일을 하게 된 것도, 잘 참는 내 성격과 무관하지 않은 것 같다. 남 먼저 배려하는 성격도 이 일을 하게 이끈 것 같다.

그런 내가 오늘 후배와 싸웠다. 나를 도둑으로 취급해서였다. 그룹홈에서 생활하다 보면 가끔 물건이 없어지는 경우가 있는데, 내가 가져갔다고 생각한 모양이었다. 이런 어처구니없는 누명에는 참을 수 없다.

그런데 다 싸우고 나서 혼자 있게 되니까, 이렇게 억울할 때 소리 지르고 싸우는 것도 필요하다는 생각이 들었다. 참기만 해서는 안 된다. 부당한 사건 앞에서 인내하는 것은 옳지 못하다.

다음에도 직장에서 누군가가 나를 무시하는 눈으로 쳐다본다면, 따질 것이다. 그룹홈에서도, 나를 부당하게 대접하는 사람이 있으면 맞설 것이다. 내가 잘못했을 때는 사과하지만, 잘못하지 않았을 때는 나를 정당하게 대접해 달라고 요구할 것이다. 나는 한 사람의 인간으로서 귀하고 소중하기 때문이다.

8

케어센터에서 나와 많은 시간을 보낸 초록 리본 할머니가 오늘은 수건을 몇 개나 둘둘 말아서는 가슴에 끼고 자꾸만 복도를 서성였다.

"어머니, 왜 그러세요? 어디 가시려고요?"

"응, 친정에 가야지. 나 친정 갈 거야."

나는 할머니의 손을 잡고 이리저리 복도를 돌아다니다가 방으로 모셔다드렸다. 여든이 넘어도, 치매로 정신이 온전하지 않아도, 친정은 그리운 곳, 가고 싶은 곳인가 보다.

나에게 친정은…… 쉼터와 그룹홈이다. 내가 혼인 신고를 하고 산다음에도 친정에는 가본 적이 없다. 딸을 딸로 보지 않는 아버지가 있는 곳이 어떻게 친정일 수 있겠는가? 나를 태어나게 한 곳이 친정이라면, 나를 다시 태어나게 해준 곳, 나를 두 번째로 낳아준 곳이 나에게는 친정이고, 그런 의미에서 쉼터와 그룹홈이 친정이다. 여기 사는 후배 하나는 쉼터나 그룹홈이 꼬리표 같다고, 얼른 떼어내고 싶단다. 그러나 나는 아니다. 부모 같고 친정 같은 곳을 왜 떼어버린담? 이런 감정은 나에게 친정과 부모가 없어서인지도 모르겠다.

2층에 있는 할아버지는 나에게 자꾸 중신을 서겠다고 한다. 여자는 그저 결혼해서 아이 키우며 남편과 행복하게 사는 게 최고라고, 좋은 남자를 소개해 주신다나? 내가 혼자 사는 건 어찌 알았을까?

결혼이라는 말이 낯설다. 나도 어느 남자와 결혼해서 아이 낳고 평범하게 살 수 있을까? 앙증맞은 뚝배기에 된장찌개를 보글보글 끓이고, 김치를 예쁘게 썰어 보시기에 담고, 남편 앞에 밥상을 차려내고, 같이 텔레비전을 보며 하하 호호 웃을 수 있을까? 나는 그럴 수 없을 거라고 생각한다.

그러려면 그 남자에게 나의 과거를 이야기하지 않아야 할 텐데, 과연 그럴 수 있을까? 살다 보면 과거의 일들에 대해 속이거나 거짓말을 해야 하는 경우가 많을 텐데, 그런 행동을 하는 건 사기꾼이지 평범한 사람이 아니다. 그렇다고 나의 과거를 솔직하게 이야기할 수도 없다. 내 과거를 알고도 나를 다 이해해 주는 남자가 몇이나 될까? 나는 나를 구해준 경찰 아저씨 외에는 좋은 남자를 본 적이 없다. 아버지도, 전 남편도, 업소에서 만난 남자들도…… 남자를 믿을 수가 없다. 사랑, 결혼, 남자…… 나에게는 다 어렵다.

9

"딸, 오늘은 월급날이었어. 네가 내 곁에 있다면 나는 월급날 너에게 피자를 사주고 싶어. 고소한 치킨도 사주고 싶고, 내가 직접 부침개도 해주고 싶고, 레이스 달린 예쁜 치마도 사주고 싶다.

오늘 엄마는 월급 총액인 130만 원을 찾아서 화장실에 들고 들어갔단다. 화장실 칸막이 안에서 몇 번이나 세어보았어. 내가 번 돈은 언제나 소중하고 고맙거든.

이렇게 돈을 다 찾아서 세어본 일은 꽤 오랜만이야. 엄마가 처음 인턴 월급을 받은 날은, 얼마나 신기하고 기뻤는지 몰라. 인턴 월급 60만 원을 다 찾아서 골백번도 더 세어보았단다. 그 다음에는 적금을 들고, 용돈을 아껴가며 쓰는데, 진짜 고맙고 또 고마웠어. 엄마는 60만 원도 제대로 만져본 적이 없었거든.

가출해서 공장에 잠깐 있을 때도 어리다는 이유로, 재워준다는 이유로 월급을 못 받았어. 너희 아빠랑 살 때는 당연히 돈을 만져볼 수 없었고, 업소에 있을 때도 돈은 벌었지만, 주인은 내가 번 돈을 장부에만 적어두고 나에게 돈을 주지는 않았어. 주인은 사고 싶지 않은 옷을 사라고 했고, 내가 갖고 싶지 않은 화장품도 사라고 했단다.

거부하면 주인이 싫어하고 나에게 불이익을 주니까 사지 않을 수가 없었단다. 그러면서 시간이 지날수록 장부에 빚이 자꾸 늘었어. 돈을 만져본 적이 없어서인지, 이렇게 월급 타서 돈을 만져보면, 엄마는 무척 행복해진단다. 내가 번 돈이라서 그런가봐.

나랑 같이 케어센터에서 일하는 사람은, '이깟 130만 원 가지고 뭘 한담? 월급이 너무 적어. 당장 때려치우든지 해야지!' 하고 말하곤 하는데, 엄마는 그렇게 생각하지 않아. 아껴 쓰면 되고, 고마운 돈이라고 생각해. 이 돈을 너를 위해 쓸 수 있다면 얼마나 좋을까?"

10

며칠 전에는, 식당에 갔다가, 벽에 걸린 달력을 보았다. 노란 풀밭에 집이 여러 채 있는 그림. 집의 창은 따뜻한 노란색…… 하늘에 걸린 달인지 태양인지도 노란색…… 저렇게 불빛이 따뜻하게 켜진 창을 가진 집에 살았으면, 저런 창 안에 딸과 함께 있었으면……

나도 모르게, 식당 주인에게 말했다.

"저 달력 그림, 한 장만 주시면 안 될까요?"

내 눈빛이 애절했을까, 내가 너무 추워 보였을까, 식당 주인은 달력 맨 앞장에 있던 그림을 뜯어 나에게 주었다.

그 그림도 마음에 들었다. 커다란 꽃이 나무가 되어 우뚝 서 있고, 그 뒤로는 집들이 여러 채 모여 있고, 창마다에서는 푸른빛이 새어나오고 있었다.

집에 와서 벽에 그 그림을 붙였다.

다시 잠 안 오는 밤, 나는 딸에게 말해주었다.

"언젠가는 우리 저런 집에서 둘이 살자. 너랑 나랑 마주앉아서 지난 얘기 하면서, 따뜻한 차도 같이 마시자. 그때 엄마가 얼마나 열심히 살았는지, 힘들 때마다 네가 얼마나 나에게 힘을 주었는지, 거듭거듭 얘기해 줄게. 너는 나야. 나는 너고. 그러니까 나는 함부로 살 수 없단다. 딸이 되어 사는 거니까 더 씩씩하게 더 아름답게 살 거야. 너와 내가 저런 집에 같이 사는 그날까지 엄마는 지치지 않을 거야. 너랑 나랑 둘이 힘을 합쳐 사는 거니까, 나는 잘살아낼 수 있어."

퇴근한 당신은 오늘, 무엇을 했는가?

나는 퇴근해서 씻고, 오뚝이를 앞에 놓았다.

이리 툭 저리 툭, 오뚝이를 쓰러뜨렸지. 오뚝이가 기어이 다시 일어서는 모습을 보며 박수를 보내주고, 나도 저러리라, 나도 저렇게 살리라 다짐하며 잠자리에 누웠다.

잠이 얼른 올지는 모르지만, 잠이 안 와도 괜찮다. 나는 누운 채로, 이쪽으로 한 번, 저쪽으로 한 번, 몸을 기울이며 오뚝이 흉내를 내다가 똑바로 중심을 잡은 다음에 천천히 잠들면 되니까. 내일 아침에는 다시 오똑 일어서면 되니까.

05

언니들의 생각, 들여다보기

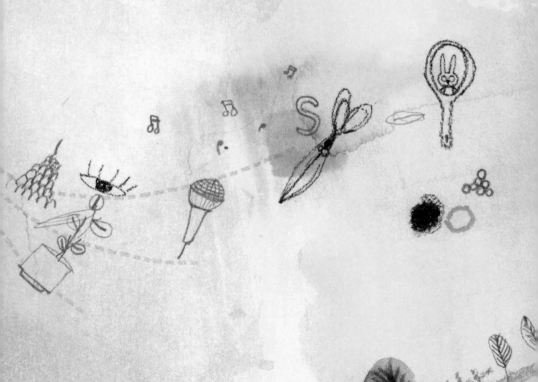

1. 언니들의 생각을 모아 만든 문제입니다. 주어진 보기 중에 한 가지를 고르세요. 정답은 따로 없어요. 당신이 적은 답이 언니들이 바라는 답과 같으면 좋겠습니다.

- 하얀색은 (순결하다, 불결하다, 순결하지도 않고 불결하지도 않다.)
- 검은색은 (순결하다, 불결하다, 순결하지도 않고 불결하지도 않다)
- 성매매여성은 (순결하다, 불결하다, 순결하지도 않고 불결하지도 않다)
- 성을 구매한 사람은 (남성, 여성)이 압도적으로 많다.
- 성매매를 허용하게 되면, 성 구매자가 대부분 (남성, 여성)이므로 성을 파는 사람은 대부분 (남성, 여성)이 될 것이다.
- 당신은 방이 두 개 있는 아파트에 혼자 살고 있다. 그런데 형편상 방하나를 세놓아야 한다. 누구에게 세를 놓지 않겠는가?
  ① 성매매 피해 여성
  ② 장애인
  ③ 외국인 노동자
  ④ 기타 (   )

2. 다음은 성매매에서 벗어난 언니들의 생각입니다. 당신은 어떻게 생각하시나요?

- 금전적인 대가 없이 장기를 기증하는 것은 숭고한 일이다. (   )
- 금전적인 대가를 받고 장기를 파는 것은 있을 수 있는 일이다. (   )
- 금전적인 대가를 주고 성을 사는 것은, 그 사람의 몸과 영혼을 돈으로 지배한다는 뜻이다. (   )
- 금전적인 대가를 주고 성을 사는 것은, 불법적으로 장기를 사는 것과 같다. (   )
- 성매매는 대부분 '강요된 성매매'이다. (   )
- 성매매를 알선하는 사람은 처벌되어야 한다. (   )

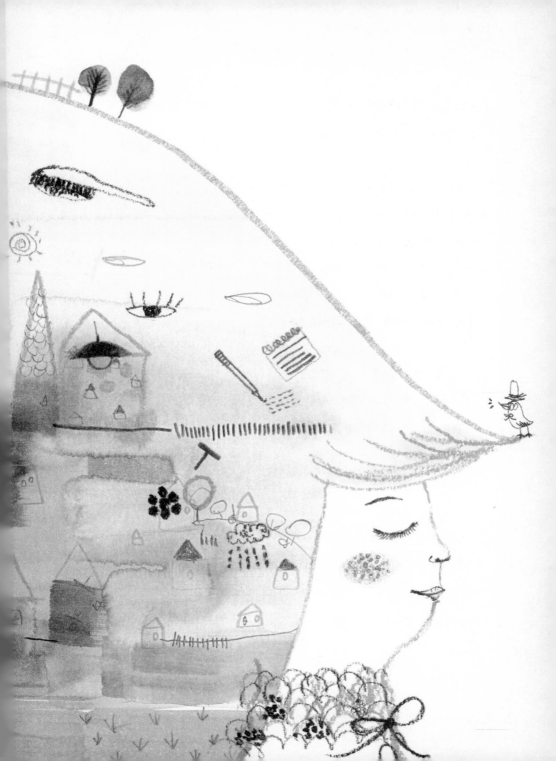

3. 다음은 성매매에서 벗어난 언니들이 쓴 글에서 뽑은 문장입니다. 당신과 비교해 보세요.

- 나는 아프면 병원에 갈 수 있는 형편이고 싶다.
- 나는 사람들 눈을 쳐다보며 말하는 사람이 되고 싶다.
- 나는 결혼해서 단란하게 가정을 꾸리고 싶다.
- 나는 아침에 일찍 일어나 활기차게 하루를 시작하고 싶다.
- 나는 수학 공식을 잘 외우고 싶다.
- 나는 영어 단어를 많이 외우고 싶다.
- 나는 컴퓨터 자격증을 세 개 이상 따고 싶다.
- 나는 나 자신을 이겨내는 사람이 되고 싶다.
- 나는 남자에게 지나치게 매달리고 싶지 않다.
- 나는 자기 소개를 할 때, 얘기할 게 많으면 좋겠다.
- 내가 세상에서 제일 어려워하는 것은 인간 관계다.
- 약속은 지키라고 있는 것이다.
- 나는 잔소리 듣는 건 딱 질색이다.
- 대학에 합격하니까 기쁘고 행복해서 눈물이 났다.
- 원룸을 구해서 혼자 살고 싶다.
- 스트레스가 쌓이면 친구들과 술 마시며 수다를 떤다.
- 규칙적인 생활을 하고 싶다.

- 노래방에 가서 소리 지르고 오면 속이 시원하다.
- 글을 쓰면 마음이 정리되는 것 같다.
- 학생은 선생님에게 배우지만, 선생님도 학생에게 배우는 것 같다.
- 세상은 공존하며 살아가는 곳이다.
- 누구나 벗어나야 하는 족쇄가 있다. 나에게는 그것이 성매매였다.
- 성매매는 필요악이 아니라 그냥 악이다.
- 여성과 어린이, 약자가 안전하게 잘살아야 좋은 세상이다.
- 다시 태어나고 싶은 때가 있다.
- 가끔 내가 우울증이 아닐까 싶은 때가 있다.
- 내가 세상에 태어난 데는 이유가 있을 것이다.
- 내 주변에는 고마운 사람들이 많다.
- 나에게는 꿈이 있다.
- 나에게는 본받고 싶은 사람, 롤 모델이 있다.
- 세상은 평등하지 않다. 나는 그것을 받아들여야 한다.
- 같은 일을 겪었다고 해서 같은 편이 되는 것은 아니다. 동병상련을 너
  무 믿지는 마라.
- 나는 늘 돈이 부족하다.
- 나는 다른 사람이 되고 싶은 때가 종종 있다.
- 나는 공부를 잘하고 싶다.
- 부모님이 나에게 사과하면 좋겠다.

- 나는 순하다, 착하다에 매달려 살았다. 이제는 그러지 않겠다.

- 우리 엄마는 자랑할거리가 있는 자식을 더 좋아한다.

- 내가 용돈을 드리면 부모님은 갑자기 따뜻하게 말씀하신다.

- 나는 칭찬받고 싶다.

- 나에게는 피해 의식이 있다.

- 가족은 사랑으로 똘똘 뭉쳤다고? 그렇지 않은 집도 많다.

- "어느 대학 나왔냐?"고 묻는 사람이 싫다.

- "우리 어디서 만난 적 있지요?" 하는 소리를 들으면 일단 몸을 움츠리
  게 된다.

- 다른 사람들은 나에게 관심 없다는 것을 알면서도 다른 사람에게 신
  경을 쓰게 된다.

- 다른 사람들이 내 말을 잘 알아듣지 못해서 답답할 때가 있다.

- 손님의 기분을 맞추는 말만 하게 된다.

- 나에게는, 그때 이후로 성장이 멈춘 것 같은 트라우마가 있다.

- 나는 배우고 싶은 것도 많고, 알고 싶은 것도 많다.

- 사람은 평생 동안 성장한다고 생각한다.

- 엄마를 생각하면 나도 모르게 눈물이 난다.

- 나는 가족을 사랑한다.

- 가끔 부모가 원망스러운 때가 있다.

- 문득문득 부모님이 많이 늙으셨다는 것을 느낀다.

- 나는 화장하는 것을 좋아하고 예쁜 옷 입기를 좋아한다.
- 사랑은 아픈 것이다.
- 나는 유행에 민감하다.
- 나는 잘생긴 남자와 용기 있는 남자가 좋다.
- 나는 그저 조금 늦게 시작했을 뿐, 아직 아주 늦은 것은 아니라고 생각하며 산다.
- 내게는 긴 터널을 통과하는 것 같은 어두운 시기가 있었다.
- 술 취한 남자의 냄새가 싫다.
- 이상하게 돈이 안 모아진다.
- 나는 나에게 따뜻한 관심을 주는 사람이 좋다.
- 나는 나를 믿어주고 내 말에 귀 기울여주는 사람이 좋다.
- 나를 싫어하는 사람도 있다. 그럴 수 있다고 생각한다.
- 많이 힘들 때면 '이 또한 지나가리라' 하고 생각해 본다.
- 선생님이 나만 예뻐해 주었으면 하고 바란 때가 있었다.
- 나는 왕따당하고 싶지 않다.
- 세상은 직업이나 용모, 학력 등 보이는 것을 너무 따진다.
- 죽을 때까지 나 자신을 관리해야 한다고 생각한다.
- 내 꿈이 뭐였는지, 까마득하다.
- 이력서에 학력과 경력을 더 많이 채우고 싶다.
- 나는 가족을 위해 나 자신을 억압하며 살았다.

- 좋은 부모 밑에 태어난 애들이 부러운 때가 종종 있다.
- 돈 많이 벌어서 부모님에게 용돈을 많이 드리고 싶다.
- 내 발로 나오고 내 손으로 해야지, 남이 내 일을 대신 해줄 수는 없다.
- 나는 외로움을 느낄 때가 종종 있다.

06

1년 반 전 나는, 지금 나는!

나는 지금 영등포 거리에 서 있다

볼일 보러 영등포에 왔는데,

가슴이 아프고 발길이 떨어지지 않는다.

몇 년 전의 나 같은 애들이 한눈에 보여. 나도 저랬으니까.

저 애들도 임신할 위험에 노출되어 있겠지.

채팅할 때 피임하라고 하면 남자들이 아예 안 들어오니까,

자기가 알아서 피임을 해야 하는데

그런 것도 모르는 애들이 많겠지, 과거의 나처럼.

"얘들아, 거기서 벗어나 새로운 세상을 봤으면 좋겠어.

거기서 나오면 더 재미있는 일이 많아.

거기서 나와야 성장할 수 있는 기회가 있어.

성매매 안 하면 돈 벌 곳이 없다고? 아니야. 찾아보면 있어.

나를 따라오면 우리 같은 10대들을 위한 인턴십 센터를 알려줄게.

거기서 공동 작업을 하면 한 달, 일주일,

아니 하루만 일해도 돈을 벌 수 있어.

그러니까 당장 오늘밤 잠을 자거나 밥을 먹거나 몸을 씻기 위해

성매매를 하지 않아도 돼. 험한 꼴 당하기 전에 그만해야 돼.

성매매를 하러 오는 사람들은 다 나쁘지만, 그중에는

더, 더 나쁜 사람들도 많이 있어.

너희들, 내 얘기 들어볼래? 듣고 나서 딱 1년 반만

너희 자신을 위해 투자해 보지 않을래?

이건 1년 반 전의 나와 지금의 나에 대한 이야기야. 들어봐."

1년 반 전 엄마와 나는

나와 헤어져 산 지 10년도 넘은 우리 엄마.

내 인생에서 절반 이상을 우리는 떨어져 살았지.

아빠가 나를 거의 죽을 만큼 때려서

엄마한테 연락했을 때, 엄마가 날 만나줘서 행복했어.

엄마가 재혼해서 다른 분이랑 사니까 찾아갈 수는 없지만,

계속 연락이라도 할 수 있어서 좋았어.

성매매 때문에 경찰한테 붙잡혀갔을 때,

엄마에게 연락이 갔잖아. 그때 진짜 많이 놀랐지?

내가 두고 온 딸이 10대에 성매매를 했다니, 얼마나 놀랐을까?

그 일 있은 후에 엄마가 나를 자주 만나줘서 엄마와 가까워졌잖아.

계속 성매매나 하고 방황할까봐 걱정돼서

엄마는 나를 쉼터에 맡기고 싶어 했지.

그때 날 여기 다시 맡겨줘서 고마워.

엄마, 내가 좀 철이 없지? 그렇지 않아도 엄마는 내가

그런 길에 빠진 게 엄마 때문인 것 같아서 속상한데,

내가 계속 "엄마가 나한테 해준 게 뭐가 있어?" 하고 따져서 화났지?

근데 엄마, 엄마도 성질이 나하고 똑같은 거 알아?

내가 대들 때마다, 엄마도 "너는 왜 가출해서 그렇게 사냐?"

하고 소리 빽빽 지르잖아.

지금 엄마와 나는

내가 어릴 때 본 엄마 모습 가운데, 가장 많이 기억나는 건

아빠한테 매 맞는 모습이야.

그런데 이제는 나 때문에 애태우는 엄마도 보이고,

새로 일군 가정을 소중히 여기는 평범한 여자로서의 엄마도 보여.

엄마, 그런데 요즘 엄마가 나하고 동생한테,

너무 돈으로만 많은 걸 채워주려고 하는 거 알아?

오래 떨어져 있었던데다가, 내가 이렇게 된 게

다 엄마 탓이라고 생각하고 미안해서 그러는 건 아는데,

나는 돈보다 대화가 필요해.

오늘부터 나의 진로에 대해서 상담에 들어갔거든?

엄마한테 그 문제도 차차 의논하고 싶다.

엄마, 엄마가 쉼터에 세 번 왔잖아.

쉼터 선생님들이랑 친구들이 그러는데, 엄마랑 나랑

완전 똑같대. 목소리랑 얼굴이랑 말투랑 다!

소리 지르는 것도 완전 똑같대. 내가 엄마 딸인 건 분명한가봐.

엄마, 나는 앞으로도 엄마한테 소리 지르고 화내고,

엄마한테 서운한 거 자꾸자꾸 얘기하면서 성질낼 거야.

상담 선생님도 엄마한테 서운한 거, 다 꺼내랬어.

그러니까 각오하세요.

그치만 엄마, 내가 엄마를 얼마나 좋아하는지 알지?

엄마가 실망하지 않게, 나 점점 잘해나갈 거야. 그러니까

나 때문에 화는 내더라도, 울거나 슬퍼하지는 마세요. 약속!

1년 반 전 아빠와 나는

아빠는 나랑 얘기가 안 통하니까,

우리가 같이 얘기다운 얘기를 해본 때가…… 없는 것 같아.

이건 마음으로 하는 얘기니까, 아빠가 들어주면 좋겠어.

아빠가 엄마랑 이혼하고 나서, 나랑 동생이랑 아빠랑 살았잖아.

그런데 아빠가 우리를 너무 많이 때렸다는 생각 안 드세요?

이혼하기 전까지 엄마를 그렇게 많이 때리더니,

엄마가 없으니까 우리를 엄마 대신 때린 거였어?

게다가 아빠는 우리를 너무 조였잖아. 그건 거의 집착이었어.

나하고 동생한테 "여섯시까지 들어와!" 그래놓고

다시 전화해서 "다섯시까지 들어와 있어!" 그러고,

잠시 후에 또 전화해서 "학교 끝나자마자 집에 와 있어!"

이렇게 달달 볶으니, 내가 숨이 안 막히겠어?

그래서 내가 집을 나가기 시작한 거야.

하루라도 나가서 숨을 쉬고 싶었거든.

아빠가 없는 데 있는 공기를 마셔야 살 것 같았거든.

그런데 하루 나갔다가 다음날 집에 들어가면 아빠는 나를

더 꽉꽉 조이고 괴롭히고 아예 집에서 한 발자국도

못 나가게 했잖아. 그래서 아예 가출하게 된 거야.

내 가출에는 아빠 책임도 엄청 크다구.

물론 내가 다 잘했다는 건 아니고.

지금 아빠와 나는

지금은 알겠어. 아빠가 알코올 중독이라

감정 조절이 잘 안 됐던 거.

그때는 그런 것도 모르고, 그냥 아빠가 무섭고 싫기만 했어.

그런데 아빠, 나는 아빠를 만나기는 아직은 힘들 것 같아.

나를 너무 때렸고, 그리고…… 하여튼 아빠와 가까워지긴 좀 그래.

전에는 아빠가 밉고 싫기만 했는데, 여기 쉼터에 와서

다른 친구들 집안 얘기도 듣고, 생각도 많이 하다 보니까,

아빠가 조금 불쌍하기도 해. 좋은 남편이 되는 법이나

좋은 아빠가 되는 법, 술 말고 다른 것으로

마음 푸는 법을 배울 기회가 아빠에게 있었다면,

우리 집이 달라질 수 있었을 거라는 생각이 들어.

아빠에게는 배움의 기회가 없었던 거야.

아빠가 노력해서 좋은 배움의 기회를 만들었으면 좋았을 텐데……

나는 아빠를 좋아하지는 않지만, 그래도 아빠라고 계속

부르기는 할 거야. 만나든 안 만나든 아빠는 내 아빠야.

아빠가 술을 끊고 새 사람이 될 수 있을까? 나는 어렵다고 봐.

그래서 우리 사이에는 시간이 더 필요할 수도 있고,

영영 가까워지지 않을 수도 있어. 아빠, 그래도 이해해 줄 거지?

1년 반 전 동생과 나는

너랑 나랑은, '동지' 같았어. 매타작당하는 동지.

나는 네가 많이 불쌍해. 어릴 때는 엄마가 맞는 것을 보고,

커서는 누나가 맞는 것을 보고, 너도 맞고.

아빠가 나를 마구 때릴 때, 눈에 커다란 눈물방울을 매단 채

구석에서 부들부들 떨고 있던 어린 네 모습을

나는 영원히 잊을 수 없을 거야.

너한테 잘해주는 누나가 못 되어서 미안해.

그래도 누나가 라면은 자주 끓여주었으니까,

그건 잊어버리면 안 돼! 그리고 너, 애기 때는

진짜 예쁘고 잘생겼었어. 그거 잊지 마.

지금 동생과 나는

야! 너 엄마가 자꾸 돈 준다고, 용돈 받는 거
너무 좋아하면 안 돼. 그 돈으로 햄버거 같은 거 막 사 먹고
옷 사 입고 게임하러 돌아다니는 거 다 알아.
그런데 자꾸 그러기만 하면 나중에 누나처럼 힘들어진다.
아빠랑 사는 게 쉽지 않은 건 아는데,
그래도 요즘은 니가 아빠보다 힘이 세져서 잘 안 때리신다니,
학교나 열심히 다녀. 학교 졸업 안 하니까,
세상살이가 쫌 피곤하더라.
에휴, 니가 너무 어려서 내가 걱정이다.
세상이 얼마나 무서운지 네가 통 모르잖아.
우리 다음 세상에서는 남매로 태어나지 말자.
너는 꼭 좋은 집에 태어나야 해. 만약에 우리가
다시 같은 집에 태어난다면, 그때는
아빠가 알코올 중독이 아니었으면 좋겠다.

1년 반 전 부천 언니와 나는

언니, 내가 대전 살 때, 언니랑 채팅했던 거 생각나?

언니는 많은 아이들이랑 채팅을 해서,

나랑 나눈 얘기는 생각나지 않겠지만, 나는 다 기억해.

내가 집을 나오고 싶다고 했더니, 얼른 언니한테 오라고 했지.

먹여주고 재워주겠다고. 나는 부천이 어딘지도 모르면서,

언니가 무척 친절한 사람이라고 생각하고 고마웠어.

그래서 무작정 집을 나와 부천으로 간 거야.

나는 언니를 만나기 전에는 성매매라는 것에 대해서도 잘 몰랐어.

텔레비전에서 본 적이 있긴 했지.

'돈 받고 저런 일을 하는 사람이 있구나.

왜 저렇게 살까?' 그렇게 생각한 적은 있었어.

언니가 아저씨에게 잡혀 있는 상황이라는 걸

왜 그때 나한테 말하지 않았어? 언니는 언니대로

사정이 있었겠지만, 지금 생각하면 언니가 야속해.

언니랑, 거기 있던 친구들이랑 같이 생활하면서

남자들 만나 모텔에 가고, 두 달이나 그렇게 지냈잖아.

돈을 벌어도 쉽게 쓰고 너무 생각 없이 살았던 것 같아.
열일곱 살이 되니까, 뭔가 잘못되어 가고 있다는 생각이
가끔씩 들더라. 그래도 어쩔 수 없이 계속 그러고 살았지만……

지금 부천 언니와 나는

이제는 언니를 볼 수가 없네. 언니는 어디서 무엇을 하고 살아?
물론 언니를 다시 만나고 싶지는 않아.
하지만 만난다면, 할 이야기는 있어.
왜 그때 동생 같은 나를 그런 길로 끌어들였는지 묻고 싶어.
그리고 언니가 아직도 어딘가에서 그런 일을 하고 있다면,
내가 있는 곳을 소개해 주고 싶어. 언니보다 더 나이 많은 분들도
여기 와서 새로운 기술을 배우고 공부도 하면서,
자기 자신을 소중하게 여기게 되었대.
물론 나도 그렇고. 나의 미래를 그려보고,
어떻게 살지를 고민하게 된 건, 나도 여기 와서거든.
언니, 어디에 있든, 부천 있을 때처럼 살지는 않기를 바랄게.

1년 반 전 아저씨와 나는

아저씨를 모르고 살았더라면 얼마나 좋을까,
나는 가끔 생각해요. 그래요, 아저씨가 부천 언니와 친구들과 나를
밥 먹여주고 재워준 거는 고마워요. 하지만 그 조건으로
우리를 가둬두었잖아요. 그리고 나에게 처음 성매매를 시키고.
나는 그걸 용서할 수 없어요. 나이가 많으면 어린 사람들을
보호하고 지켜주는 게 인간의 도리 아닌가요?
그래요, 나도 처음에는 그 일이 나쁘다고만 생각한 건 아니었어요.
돈이 필요했으니까요. 성매매해서 우리가 돈을 받으면,
아저씨는 무조건 절반을 가져갔지요.
단속반이 우리가 머무는 집에 단속 나왔던 때 기억나세요?
아저씨는 그때, "내가 조카와 조카 친구들을 데리고 있는 거"라고
거짓말을 했지요. 경찰이 미심쩍어하며 돌아설 때, 맞아요,
제가 경찰 아저씨를 쫓아가서 "저 아저씨는 우리 보호자가
아니라 성매매를 알선해 주는 사람이에요" 하고 일렀어요.
아저씨는 구속되고 나서, 우리를, 특히 나를 원망하고 욕했겠지요?
아저씨가 구속되면, 나는 모든 게 다 잘 풀리고

자유로워질 줄 알았어요. 그런데, 아니었어요.

업소가 없어지니, 어떻게 해야 할지 모르겠더라고요.

잘 곳도 없지, 씻을 곳도 없지. 돈을 벌 수도 없지.

열여섯 살, 열일곱 살이 어디서 무슨 돈을 벌겠어요?

어떤 애는 "차라리 아저씨한테 관리받는 게 나았어!"

이런 말까지 했어요. 당장 먹을 게 없고 잘 곳이 없으니까

막막했거든요. 결국 우리는 다 흩어져서 다시

성매매를 하게 되었어요. 언니와 우리 다섯 명 모두요.

지금 아저씨와 나는

아저씨는 지금 감옥에 있나요? 아니면 벌금 물고 나왔나요?

지금도 어린 소녀들을 가둬두고 그 일을 시키나요?

아직도 어린 소녀들을 남자들에게 소개한 대가로 돈을 버나요?

아저씨, 저나 제 친구들이 처음 부천에 왔을 때,

우리를 다른 일할 곳에 소개해 줄 수는 없었나요?

아저씨는 원래 성매매 알선업자여서, 그럴 수는 없었던 건가요?

아저씨는 우리를 조카로 생각한 게 아니었어요.

비인간적인 돈벌이 수단으로만 생각했어요. 그러니 나는

아저씨를 용서할 수 없어요. 죽을 때까지 용서하지 않을래요.
나는 아저씨 밑에서 두 달, 그리고 채팅으로 열 달,
1년을 그렇게 살았지만, 그런 일, 이제는 하지 않아요.
언젠가는 아저씨를 만나 제 모습을 보여주고 싶어요.
지금은 말고, 공부도 더 많이 하고 확실한 직업도 가진 다음에요.
아저씨는 나를 힘들게 살게 했지만, 그래도 본래의 소중한 나는
하나도 다치지 않았고, 어려운 여러 과정을 거쳐
끝내 멋있는 사람이 되었다는 것을 꼭 보여주고 싶어요.
그래서 나에게, 부천 언니와 부천에 같이 있던 친구들에게
아저씨가 사과하게 만들고 싶어요.

1년 반 전 경찰과 나는

나는 경찰 제복을 입은 사람만 보면,
이상하게 무서웠어요. 죄를 지은 것이 없을 때도요.
학교에서 폭력 사건에 연루되고 나서는 경찰이 더 무서웠죠.
그러다가 가출을 하고 나서는, 경찰 제복 입은 사람만 봐도
멀찍이 돌아서 피해 다녔어요.

그러던 내가 어떻게 부천에서는 경찰 아저씨를 따라가서까지
성매매를 알선하는 아저씨를 고발할 수 있었을까요?
내가 소중하게 여겨지고 있지 않다는 느낌과
내 몸을 망가뜨리면서까지 번 돈을 빼앗아가는 부천 아저씨가
미워서 그랬던 것 같아요. 도저히 참을 수 없었던 거예요.

지금 경찰과 나는

이제 와서 드는 생각인데요, 그렇게 성매매하는 아이들과
알선하는 사람들을 한꺼번에 만나게 되면, 그냥 조사만 하지 말고,
조사한 뒤에 부모님에게 연락해서 귀가 조치만 하지 말고,
아이들을 보호해 주었으면 좋겠어요.
우리 같은 아이들 중에는 집으로 돌아가 봤자
도저히 가족과 같이 살 수 없는 환경인 애들도 있고,
부모님이 아닌 다른 좋은 어른들의 도움이 필요한
애들도 많거든요. 우리는 경찰 아저씨들을 무서워하기도 하지만,
한편으로는 좋은 일 하는 분이라는 거 알고 있거든요.
그러니 우리 같은 아이들이 마음 놓고 갈 수 있는 쉼터나
상담소 같은 데를 소개해 주신다면,

우리도 잘못된 길에서 빠져나와

새로운 삶을 살 수 있는 기회가 되지 않을까요?

1년 반 전 첫 번째 남친과 나는

사람들은 '처음'에 대해 각별한 의미를 부여하는 것 같아.

나도 너에게 그랬지. 어쨌든 너는 내 첫사랑이고,

나의 첫 번째 남자 친구였으니까.

그런데 너는 나쁜 남자였던 것 같아.

내가 성매매를 하는 걸 전혀 말리지도 않았고,

심지어 내가 버는 돈을 가지고,

같이 먹고 마시고 놀러 다니자고 했잖아.

돈이 없다고 하면, 너는 입을 꾹 다물고 가만히 있었지.

그건 나더러 성매매를 해서

돈을 벌어오라는 뜻으로 느껴졌어.

내가 남자들을 만나고 모텔에서 나오면,

그 앞에서 기다리기도 했던 네가, 미웠어.

미웠지만 헤어지기는 싫었어. 가족을 떠나왔으니까,

가족 비슷한 가까운 사람이 필요해서 너를 놓기 싫었나봐.
그랬는데, 너는 나를 감싸주기는커녕 계속……

지금 첫 번째 남친과 나는

나의 피를 빨고 나를 구렁텅이로 몰아넣는 너를
왜 내가 계속 붙들고 있었을까, 바보같이.
나는 지금은 네가 하나도 그립지 않아.
너를 만나지 않았으면 차라리 좋았을 거야.
너는 어떻게 여자 친구가 그런 일을 해서
버는 돈을 같이 쓸 생각을 했니?
내가 남자 친구라면 나는 그러지 않을 것 같아.
내 여자 친구를 소중하게 여기고,
힘든 상황에서 벗어날 수 있도록 도와줄 것 같아.
길에서라도, 우연히라도, 우리 다시는 마주치지 말자.
나는 이제 너의 이름도 기억하고 싶지 않아.
네 이름을 잊어버린 건 아니지만, 지웠어.
내 마음에서 영원히.

1년 반 전 상담원 선생님과 나는

선생님, 열여섯 살에 처음 성매매를 하고 임신했다는

제 얘기 듣고도 선생님은 그때 왜 하나도 놀라지 않았어요?

학교 폭력 문제로 교도소에 갔다가

소년분류심사원에 갔다가

쉼터에서 6개월 살라는 처분을 받고 다시 왔을 때도

왜 눈도 한 번 꿈쩍하지 않았어요?

선생님이 나의 과거를 특별하게 보지 않아서

나는 그게 이상하면서도 좋았어요. 내가 선생님한테

이런 얘기 저런 얘기 자꾸 하게 된 건 그래서였던 것 같아요.

선생님이 나를 보통 아이들처럼 대해줘서요.

내가 처음 쉼터에 왔을 때

우리 엄마한테 연락해 준 것도 고맙고,

우리 엄마가 여기 있게 해달라고 부탁했을 때

다시 받아주신 것도 고마워요.

내가 '이렇게 살면 안 되겠다' 싶었던 것도

선생님과 열 번쯤 이야기 나누고부터예요.

생전 말도 안 듣고 성매매나 하고 방황이나 하는 내가
선생님 말은 잘 듣는 것 같고, 여기 선생님들이 좋은 분들
같으니까 엄마는 여기에 저를 부탁한 것 같아요.
엄마 생각이 맞았지 뭐. 내가 달라지고 싶다고 했더니,
선생님은 대안 학교에 다니게 했잖아요.
내가 거기 다니면서 고입 검정고시도 봤는데, 바로 붙었죠.
선생님은 나더러 똑똑하다고 대단하다고 칭찬하셨지만,
솔직히 저는 중학교를 중퇴했으니까 조금 들어둔 게 있었던 거지,
공부를 열심히 한 건 아니었어요. 그래도
너무, 너무, 너무 기뻤어요. 성매매를 하며 살 때는
무엇이 되겠다는 생각 같은 건 안 해봤거든요.
'그냥 이렇게 살지 뭐' 그랬는데, 검정고시에 합격하니까,
노력해서 큰 것을 얻었을 때의 기쁨이 뭔지 알겠더라고요.
그래서 욕심내서 대입 검정고시 공부도 연달아 시작한 거예요.
근데, 제가 글 읽는 속도가 남들보다 엄청 빠른 거 아세요?
쉼터에서 인터넷 소설을 많이 읽어서 그런가 봐요.

지금 상담원 선생님과 나는

선생님, 대입 검정고시도 합격했으니까
제가 아주 게으른 애는 아니죠?
사실 선생님이 저를 얼마나 아껴주는지 알기 때문에,
눈치가 보여서 나중에는 공부를 쫌 했어요.
벼룩도 낯짝이 있다는데, 너무 안 하면 선생님한테
미안하잖아요. 다른 선생님들한테도요.
그런데 선생님, 대안 학교 다니면서 많이 놀랐어요.
글쎄 멀쩡하게 학교 다니다가 그만두는 애들이,
일 년에 만 명이나 된다잖아요. 환경이 나쁘거나
특별한 사정이 있는 애들이 나 말고도 꽤 있나 봐요.
검정고시를 두 개나 붙고 나니까, 다른 자격증 같은 것도
딸 수 있을 것 같아서 제가 컴퓨터 학원에 보내달라고 한 거예요.
자격증이라도 있어야 취직을 하든 공부를 더 하든 할 거 아니에요.
컴퓨터 활용 능력 자격증을 제가 두 개나 땄어도,
그 정도로는 취직 근처에도 못 간다는 거, 이제는 알아요.
그래도 그때는 하늘의 별이라도 딴 것 같고,
무슨 신문에라도 내 이름이 날 줄 알았다니까요.
그 정도는 대단한 게 아니라는 걸 알고 나니까,

기운이 빠지면서도, 놀면 안 될 것 같았어요.

그래서 일 시켜달라고 한 거예요.

쉼터나 자활지원센터에서 운영하는 매장에서

일할 수도 있었지만, 저는 그런 데는 솔직히 별로였어요.

거기는 우리를 이해하니까 핸드폰을 만져도 혼내지도 않고,

크게 힘들지도 않을 것 같았거든요.

나는 힘들고 바쁘고 빡센 걸 원했거든요.

그래서 대표님이 "홍대 앞에 있는 큰 레스토랑에서 일해 볼래?"

하셨을 때 제가 "야호! 만세!" 그런 거예요.

선생님, 다른 애들도 그런 큰물에 나가서 일해 봐야 해요.

서빙하면서 힘은 들었어도, 거기서 일하는 사람들과

오는 손님들을 보면서 대학에 가야겠다는 생각이 들었고,

사회가 어떤지 알 것 같았어요. 예의를 지켜야 한다는 것과

약속을 지켜야 한다는 것도 배웠고요.

거기는 제가 게으름 피우고 싶어도, 아무렇게나 하고 싶어도,

용서가 안 되는 곳이잖아요. 돈 버는 게 얼마나 힘든 건지

처음으로 알았다니까요. 제가 넉 달이나 거기서 일하고

그만두겠다고 해서 놀라셨죠? 좋아하면서 왜 그만두나

궁금하셨죠? 전 저대로 계획이 있거든요.

식당에서 정직원이 되는 게 제 진짜 꿈은 아닌 것 같아서,

이제부터 진짜로 내가 갈 길을 찾아보려고요.

선생님, 저 지겹지 않으시죠?

저는 스물한 살까지는 여기 있을 거거든요. 선생님은

그룹홈에 가는 게 좋겠다고 하시지만, 저한테는 여기가 집이에요.

선생님들이 엄마와 아빠고요. 그러니까 선생님이 저를 싫어하거나

미워하면 안 돼요. 남은 2년 동안, 진로를 확실하게 정해서

스물한 살에 여기서 나갈 때는 취직해서 나갈 거예요.

그래서 오늘부터 진로 상담 시작했잖아요.

내가 선생님과 쉼터에 가장 고마운 게 뭔지 아세요?

'이렇게 대충 살면 되지 뭐' 하던 생각에서

'뭐든 해보자'로 제 생각을 바꿔주신 거예요.

예전에는 저, 진짜 막 나갔거든요.

여기 와서도 처음에는 무단 외박도 하고 그랬잖아요.

선생님, 저는 선생님같이 되는 게 꿈이에요.

그러려면 대학도 나와야 되지요? 아, 고민된다.

대학생이 되고는 싶은데, 공부를 많이 하는 건 싫고……

근데, 평범한 가정에서 자라지 않아도 선생님처럼 될 수 있나요?

저는 청소년들을 위해 뭔가를 하고 싶어요. 나처럼

성매매를 했다거나 내가 공감할 수 있는 방황하는 아이들을 만나면

내가 도와줄 수 있는 일이 있을 것 같거든요.

음, 내가 왜 선생님을 좋아하느냐 하면요,

돌려 말하지 않아서예요. 나는 돌려 말하면 못 알아들어요.

그리고 고상한 척 돌려 말하는 사람은 쫌 재수 없어요.

내가 지금의 나를 점수 매긴다면 98점쯤 되는 것 같아요.

이대로 가면 내가 썩 괜찮은 사람이 될 것 같아요.

선생님은 내가 단 한 번도 거짓말 안 한 유일한 사람이고,

내가 제일 무서워하면서도 처음으로 좋아하게 된 어른이에요.

그 전에는 어른들은 무조건 다 싫었거든요.

나는 선생님한테 혼나는 것도 좋아요. 다른 선생님한테 혼나면

기분이 안 좋은데, 선생님한테 혼나면 마음이 홀가분해요.

선생님은 나한테 관심이 엄청 많잖아요.

관심 못 받고 자라서 나는 그런 관심이 좋아요.

만약 가출 안 하고 성매매를 안 했어도, 여기를 알았다면

나는 여기 찾아올 것 같아요.

선생님은 다 이해 못하겠지만, 하여튼 제 마음은 그래요.

선생님, 이제 그만 누워야겠어요. 몸이 너무 안 좋아요.

임신중절 수술을 해서 그런지, 스무 살도 안 된 내가

몸은 완전 할머니예요. 선생님, 내일 우산 챙기세요.

아마 비 올 거예요. 이렇게 관절이 막 쑤시고 몸이 퉁퉁 부으면

내일 비 온다는 소리예요. 내 몸 예보는 정확하다니까요.

1년 반 전 나와 나는

1년 반 전이면, 내가 막 살 때네.

그때는 두 달 동안 하루도 안 빼고 술을 마신 적도 있고,

그래서 병도 나고…… 학교 폭력 문제로 교도소에 가기도 했지.

친구들과 말싸움을 하다가 서로 때리면서 싸웠는데,

여러 명이 얽혀 그만 싸움이 커져버렸어.

상대가 많이 다쳐서 입원하고 경찰에 신고도 했는데,

집에 잘 안 들어가던 때라, 합의를 할 수가 없었지.

엄마는 재혼해서 따로 살지, 만날 때리는 아빠한테 가서

합의하게 돈 달라고 할 수도 없지, 돈이 내게 있을 리도 없지.

같이 싸웠던 친구들은 부모들이 나서서 합의도 하고

재판으로 보호처분을 받기도 했는데, 나는 재판에도 안 갔어.

그래서 구치소에 가게 되었는데, 지역 구치소가 없어서

그 대신 교도소에 잠깐 있게 된 거지.

교도소는 진짜 무서웠어. 학교 폭력 정도가 아니라

마약, 살인 이런 범죄를 저지른 사람들이 있더라니까.

나는 거기서 정신병 걸리는 줄 알았어. 만날 울기만 했지.

내가 구속됐다는 연락을 받고 엄마가 와서 엄청 우셨어.

"엄마, 미안해. 내가 똑바로 살게" 내가 그랬지.

그 다음에 분류심사원으로 넘어간 거야.

거기는 청소년들이 범죄를 저지르면,

범죄의 질과 환경, 처지를 살펴보고 사회로 다시

내보내든지 교도소에 보내든지 판단하는 곳.

다른 사람들은 거기가 끔찍하다는데,

나는 교도소에 있다가 가서 그런지, 내 눈높이에 맞게

'이렇게 살면 안 된다'고 가르쳐주니까, 정신이 확 든 거지.

성경 읽고 기도하고, 일기도 그때부터 썼고,

그 끔찍한 교도소 같은 데를, 또 가고 싶은 사람이 어디 있겠어?

…… 지난 1년 반 동안,

제일 행복했던 순간을 사진 한 장으로 남긴다면,

검정고시 다 합격하고 나서 했던 대안 학교 수료식 때야.

그때 내가 기타 치면서 노래 불렀던 장면,

그 장면을 가장 행복한 사진으로 남기고 싶어.

지금 나와 나는

그동안 정말 많은 일들이 있었는데, 1년 반 전과 지금의 나,
둘 사이에 가장 큰 차이점을 들라고 하면,
나는 짜증을 안 내게 된 것을 첫째로 꼽고 싶다.
자격증이나 합격증은 그 다음이고.
전에는 나는 뭘 하든 짜증이 났지. 누가 나한테 말 거는 것조차도.
그러니 상대방 입장 따위는 생각해 본 적도 없는데,
이상하게 요즘은 짜증이 안 나고, 한 번 더 생각하게 돼.
'내가 이렇게 말하면 저 사람 마음이 어떠하겠구나' 하는
그림이 머릿속에 그려져. 그런 그림이 그려지니까,
막 나가지 않게 되고. 솔직히 전에는
생각을 너무 안 하고 막 살았어.
그래서 배우는 게 중요한 것 같아. 새로운 걸 배울 때마다
마음이 넓어지고 여유로워지는 걸 느껴. 생각할 힘도 생기고.
쉼터 이모가 컴퓨터 좀 봐달라고 부탁해서 내가 고쳐주면,
쉼터 애들이 다 부러워하며 쳐다보는 게 느껴져.
그러게, 배우면 다 쓸모가 있다니까.
근데, 요즘 배우는 엑셀은 좀 많이 힘들긴 해.
머리가 터질 것 같아. 그래도 붙들고 해볼 거야.

그러면 폼도 나고, 나중에 무얼 하든 도움이 되겠지.

쉼터 선생님들은 엑셀을 다 하시더라구. 나중에 청소년 쪽으로

일하게 되면 분명 필요할 테니까, 꼭 딸 거야.

홍대 앞에 있는 식당에서 일하면서도

나는 자신감이 많이 생긴 것 같아.

거기가 그 동네에서는 다섯 손가락 안에 들 정도로 큰 식당이지.

외국인도 많이 오고 내 영어 실력도 많이 늘었어.

만약에 내가 쉼터에 적응을 못하거나 해서 중간에 나갔다면,

밥 먹을 돈이 없어서, 잠 잘 곳이 없어서,

또 성매매하고 있을지도 몰라. 그런 애들 많잖아.

그러니까 내 마음이 완전히 튼튼해질 때까지는

옛날 친구들과는 앞으로도 연락 안 해야 해.

오늘 저녁에는 어제 들어온 정미랬나, 그 애한테 얘기 좀 많이

해줘야겠다. 어제 내가 먼저 말 붙이니까 좋아하는 것 같았어.

내 말을 알아들을지는 모르지만, 자신이 의지를 가지고

다른 선택을 해야 한다는 걸 그 애도 기억해야 해.

세상에는 밥을 사주거나 잠잘 데를 마련해 주거나

돈을 주는 대가로 10대 소녀들의 성을 사려고

우리를 유인하는 나쁜 어른들이 너무 많으니까.

나쁜 사람이 많다는 건 정미도 알겠지?

다른 건 몰라도 여기 오래 있으면 좋다고 말해줘야겠다.

내 또래의 다른 애들이 뭔가를 열심히 할 때

나는 멈춰 있었어. 그래서 나는 마음이 급해.

남들이 나더러 늦지 않았다고 말하지만, 그래도 나는 초조해.

다른 평범한 애들이 내 나이에 하는 걸

나도 비슷하게는 따라하고 싶기 때문이야.

나는 이제 영등포 거리를 벗어난다

애들아, 내 얘기, 들었어?

중요한 건, 자기 의지만이 자신을 바꿀 수 있다는 사실이야.

그러니까 내가 여기 서서 아무리 오래 얘기해도 소용없고,

네가 선택하고 네가 결정해야 해. 네가 너 자신을 사랑해야 해.

어머나! 내가 우리 쉼터 선생님들처럼 말하고 있네?

…… 하여튼, 너희가 내가 있는 곳으로 온다면, 잘해줄게.

나를 언니로 생각하면 돼. 내가 겪어봐서 다 안다니까.

언니 그만 간다. 쉼터에서 우리 꼭 다시 만나!

내 마음대로 사전:
고마워, 두려워, 무서워, 미워, 어려워

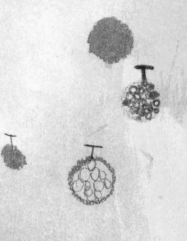

나는 국어 사전을 봐도 말뜻을 이해 못할 때가 많다. 그래서 나만 보는 '내 마음대로 사전'을 만들었다. '내 마음대로 사전'에는 단어가 많지 않다. 딱 다섯 가지뿐이다. 하지만 책 한 권은 될 정도로 두껍다.

어려워—수학

초등학교 3학년 때던가, 아빠가 나와 동생을 앞에 놓고 수학을 가르쳐주었다. 동생이 계산을 잘하니까 아빠가 칭찬하시고, 나더러는 "넌 왜 이렇게 못하냐? 징징거리기만 하고, 너는 커서 뭐가 될래?" 하며 화를 내셨다. 나는 수학을 잘하고 싶어서 열 손가락을 펴들고 발가락 열 개까지 동원해서 계산을 해보았지만, 계산이 되지 않았다. 나는 고등학교 다닐 때도 수학이 전교 꼴등이었다. 선생님이 문제를 풀어보라고 하면 모르니까 가만히 서 있다가, 그냥 맞기만 했다.

어려워—국어

초등학교에 입학했지만 나는 글을 읽지 못했다. 학년이 높아져도 읽지 못했다. 초등학교 4학년 때부터 글자를 알기 시작했고 읽기 시작했는데, 너무 어려워서 선생님이 책을 읽으라고 하면 그냥 울었다. 그림같이 생긴 글자를 보고 소리를 낼 수 있다니, 아이들이 글을 읽는 게 신기했다. 선생님은 그림도 그리라고 하셨는데 나는 그 말도 잘 이해가 안 됐다. 국어도 고등학교 때까지 늘 전교 꼴등이었다. 그래도 국어는 수학보다는 덜 깜깜하게 느껴진다. 이제는 글을 읽고 쓸 줄은 아니까.

어려워—사랑

노래방 도우미로 일할 때, 내 이상형 같은 손님과 사귀었다. 웨이터 오빠랑 서로 좋아하게 돼 방을 얻어 함께 지내기도 했다. 그런데 매번 잠깐이었고, 남자들과 오래 사귀지 못했다. 남자를 사귀지 말아야지 생각했다가도 외로우니까 업소 손님과도 금방 사랑에 빠지게 된다.

성매매업소에서 일할 때, 업소 실장님을 많이 좋아했다. 실장님은 초반에 나한테 잘해주었다. 업소를 벗어나지 말고, 손님 많이 받아서 일 많이 하라고 원래 처음에는 다 잘해주는 법인데, 나는 바보같이 실장님이 나를 진짜 좋아해 주는 줄 알고 실장님을 진짜 사랑했다.

내가 실장님에게 이런 일 하기 싫다고 하니 "빚 갚고 꺼져!" 하고 소리치며 나를 때렸다. 그래도 실장님이 좋았다. 실장님 아이를 임신했다. 또 맞았다. 얼굴에는 멍이 많이 들고 머리에서 피가 콸콸 났다. 병원에 갔더니, 의사가 "여자를 이렇게 때리는 경우가 어디 있냐?"고 했다. 의사의 그 말에 나는 많이많이 울었다. 낙태를 했다.

실장님이 "너 같은 애는 미아리에나 보내야겠다"고 해서, 술을 잔뜩 마신 나는 자학하는 심정으로 "그래요, 미아리 갈게요. 미아리 가서 지내다가 확 죽어버릴게요" 했다. 술 깨고 나서 내가 그런 말을 했던 걸 후회하고 있는데, 실장님이 "미아리 갈 준비해야지" 하는 것이었다. 나는 돈을 따로 드릴 테니 미아리에는 보내지 말아달라고 사정했고, 다른 데서 일해서 실장님에게 돈을 자꾸자꾸 보내야 했다.

미용을 배우겠다고 했더니, 실장님은 "너는 평생 이 일만 하고 살아라!"며 무시했다. 일해서 실장님에게까지 돈을 보내니 너무 힘들었다. 힘들다고 했다가 실장님에게 또 맞았다. 온몸이 피투성이가 되어, 이러다 죽겠구나 싶었다. 그러면서도 나는 실장님을 사랑했다.

미워—아빠

우리 식구는 아빠와 나, 남동생, 이렇게 셋이다. 엄마는 기억에 없다. 고모에게 엄마가 궁금하다고 했더니, 엄마가 고스톱과 술을 좋아했고, 바람나서 도망갔다고, 꼴 보기 싫어서 엄마 사진을 다 찢었다고 했다. 내가 어릴 때, 고모가 우리 집에 와보면, 어린 동생은 자기 똥을 먹고 있고 나는 그냥 마구 돌아다니고 있었다고 한다.

아버지는 알코올 중독이었다. 번 돈을 술로 다 소비한 아빠는, 술에 취해 어린 내 동생을 집어던져서 입술도 터지게 했다. 나도 이유 없이 많이 맞았다. 때리는 아빠가 무서워서 동네 언니들한테 달려가 살

려달라고 한 적도 있다. 그냥 집 자체가 싫었다.

초등학교 3학년 때 새어머니가 왔다. 우리 남매한테 더럽다고 하고, 심부름도 많이 시켰다. 새어머니는 아빠더러 우리를 "갖다 버리라"고 했다. 아빠는 화가 나서 새어머니랑 심하게 싸웠고, 신고가 들어갔는지 경찰도 찾아왔다. 아빠랑 새어머니는 정말 많이 싸웠다. 그래서 나는 누가 싸우는 걸 보면 무조건 피한다. 상담소 선생님은 피하지 말고, 누가 잘못했는지도 따져보고, 내 문제일 때는 부딪치라고 한다.

나는 인문계 고등학교에 다녔는데, 공부는 못해도 미용을 배우고 싶어서 미용을 배우러 다녔다. 미용실 아르바이트도 했는데, '어떻게 해야 아빠가 술을 끊게 할까?' 고민하다가, 아빠를 좀 혼내줘야겠다는 생각을 했다. 그래서 미용실 원장님한테 아빠에게 많이 맞는다고, 술 먹고 와서 때려서 집에 들어가기 싫다고 했다. 착한 미용실 원장님은 미용실에서 잘 수 있게 해주셨다.

이 이야기를 학교 선생님한테도 했다. 학교 선생님 오빠가 경찰이었는데, 선생님이 오빠에게 이야기해서 경찰이 찾아왔다. 아빠는 가정 폭력으로, 벌금을 냈다. 친척들이 난리가 났었다. 아빠한테 왜 그랬냐고. 나는 아빠가 정신을 차리기를 바랐는데, 다른 결과가 되었다.

아빠는 내가 스물네 살 때 주무시다가 돌아가셨다. 돌아가실 무렵에는 알코올 중독, 담석, 당뇨 합병증이 있었다. 아빠가 돌아가시기 전에, 아빠에게 "죽어버리라"고 했던 게 후회가 된다. 아빠는 40세 즈음 나를 낳았는데, 어릴 때는 아빠가 학교에 오는 게 창피했다. 친구들이 아빠가 아니고 할아버지라고 했기 때문이다.

무서워—채팅

고 3 때, 동네 언니가 가르쳐주어 채팅을 하게 되었다. 언니가 그런 채팅을 알려주지 않았다면 나쁜 남자들을 만나지 않았을 텐데, 채팅을 하는 바람에 나는 성폭력을 당하게 되었다.

고마워—택시 기사 아저씨의 친절

내가 일하던 데는 24시간 업소였는데, 밤과 낮을 담당하는 조가 따로 있어서, 나는 낮부터 저녁 9시까지 일하고 퇴근이었다. 그런데 손님이랑 2차를 나가서 막걸리를 많이 마셔서 계단에서 굴러 떨어지고 말았다. 실장님이 화를 내면서 또 미아리에나 가라고 했다. 거기서 도망치고 싶었다. 그래서 다친 다리로 비틀거리며 나가서 택시를 세웠다.

기사 아저씨가 "아가씨가 다리를 다쳐서 위험할 텐데……" 하며 병원에 데려다주셨다. 가는 동안 왜 다쳤는지 내 얘기를 잠깐 했더니, 택시 기사 아저씨는 내가 병원에서 깁스를 하는 동안, 인터넷이랑 114 등으로 보호 시설을 알아봐 주셨다. 부탁하지도 않았는데 아저씨는, 이

동네에 있으면 위험하겠다며 다른 지역에 있는 쉼터에 데려다주셨다. 택시 기사 아저씨의 은혜는 영원히 잊을 수 없다.

고마워─소장님

쉼터 소장님은 나를 많이 기다려주셨다. 내가 중간에 쉼터에서 나간 적이 있는데, 그때도 내 싸이월드에 "돌아오길 바란다. 걱정된다. 나는 항상 네가 돌아오길 바란다"고 글을 올리셨다. 나는 그 글을 보며 많이 울었고 다시 돌아오게 되었다. 오늘 아침에도 소장님이랑 같이 울었다. 감사하다고, 좋은 일자리 소개해 줘 감사하다고 많이 울었다.

무서워─남자

고 3 겨울 나는 공장에 다녔다. 열아홉 살 겨울, 내 또래의 다른 애들이 수능 보던 바로 그날도 나는 공장에 있었다. 그날 밤, 여러 명의 남자가 나 하나를 놓고 몹쓸 짓을 했다. 그 일이 있은 후 자포자기가 되고, 나쁜 쪽으로 '갈 데까지 가보자'는 생각이 들었다. 그 일로 임신이 되었다. 공장에서 받은 월급으로 낙태할 때 울면서 일기를 썼다. '아가, 엄마가 널 지울 수밖에 없어서 미안해……' 내 인생의 단추가 처음부터 삐뚤게 잘못 끼워졌다는 생각이 들었다. 잘 키우지도 못할 거면서 왜 나를 낳아서 이렇게 힘들게 살게 하는지 부모님이 원망스러웠다.

두려워—결혼

솔직히 결혼은 두렵다. 아빠 같은 사람 만날까봐 두렵고, 그 사람이 나쁜 사람이어서 나를 이용하면 어떻게 하나 두렵다. 또 내가 장애인이라고 무시하면 어쩌나 두렵다. 내가 그동안 만난 남자들을 생각해 보면, 모두 여자를 진심으로 좋아하기보다는 몸을 노리고, '한번 꼬여내 볼까' 하는 심리가 있는 것 같다. 나는 나를 이해해 주고, 술 담배도 안 하고, 때리지도 않고, 그러면서 나랑 비슷한 장애를 가진 사람을 만나고 싶다. 그런 좋은 사람이 없을까봐 두렵다.

어려워—자격증

나는 미용이 좋다. 그런데 미용은 나를 안 좋아한다. 미용사 자격 시험은 필기 시험을 먼저 보고 실기를 보는데, 나는 필기 시험만 다섯 번 떨어졌다. 이해 능력이 떨어져서 머릿속에 입력이 제대로 안 되는 것이다. 실기 시험을 볼 기회조차 갖지 못한 것이다. '공부하면 뭐해? 또 떨어질 텐데……' 하는 생각이 들어서 이제는 포기했다. 사람들이 미용사 자격증을 취득하는 걸 보면 되게 부럽다. 국가 자격 시험이라 그런가, 미용사 시험은 진짜 어렵다. 그래서 미용은 취미로나 해야겠다.

무서워―쉬운 일자리

공장에서 만난 언니가 "쉬운 일자리를 구할 수 있다"고 했다. 쉬운 일자리에 가고 싶다고 했더니 노래방을 소개시켜 주었다. 노래방 주인이 나더러 어려 보인다고 "미성년자 아니냐?"고 물었다. 나는 열아홉 살이었지만, 미성년자가 아니라고 했다. 주민등록증을 보여달라고 해서 잃어버렸다고 했더니, 그냥 일하라고 했다.

그 언니 오피스텔에서 같이 지냈는데, 나는 분명히 생활비를 냈는데 안 냈다고 하고, 돈을 자꾸 더 달라고 하고, 아무래도 내가 낚인 느낌이 들었다. 그래서 "선불 가능, 현금으로 돈 먼저 받고 일하세요"라고 적힌 광고를 보고 찾아갔다. 선불 200만 원을 빌리고 일을 시작했는데, 아무리 갚아도 빚이 줄어들지를 않고 점점 늘어나 천만 원이 되었다. 그래서 쉬운 일자리는 무섭다.

어려워―돈 관리

성매매업소에 다니면서 미용 학원에도 다녔다. 업소에 돈을 갚아야 하니까 힘들었다. 동생이 군대에서 휴가 나와서 "언제까지 이러고 살 거냐?"고 하는데 할 말이 없었다. 돈 때문에 고생하면서도, 나는 돈에 대한 개념이 없다. 돈의 중요성을 알고 빨리 빚부터 갚아야지 생각하면서도, 밖에 나가면 또 이것저것 사고 싶어졌다. 난 언제 철이 드나 싶고 속상했다.

쉼터에 온 뒤에는 소장님이 돈을 잘 써야 한다고 용돈 기록장 작성하는 방법도 알려주셨다. 내가 돈 관리를 잘 못하니까, 쉼터 선생님이 도와주셨다. 어디에 얼마를 쓸 건지 물어보시고, 남은 돈은 다 저금하게 하셨다. 나는 아껴 쓰고, 저금하고, 그런 걸 전혀 몰랐다.

내 월급은 지금 120만 원이다. 돈 관리가 계속 어렵다. 수학을 못해서인가 보다. 지금도 쉼터의 선생님이 돈 관리를 도와주시는데, 교통비랑 통신비 합쳐서 10만 원을 용돈으로 쓰고, 나머지는 다 저금하고 있다. 내가 사는 그룹홈에서 일하는 병원까지는 걸어 다닌다. 걸어서 30~40분쯤 걸리는데, 교통비를 절약할 수 있어서 좋다.

어려워—생리

중학교 1학년 겨울 방학 때 생리가 시작되었다. 나는 그게 생리인 줄 모르고 죽을병에 걸린 줄 알았다. 수업 시간에 생리와 생리 주기에 대해 배우기는 했지만, 그게 그건지 몰랐고 이해가 안 됐다. 가슴도 멍울이 져서 아팠는데, 아빠한테 가슴이 아프다고 하니까 파스를 붙이라고 했다. 피가 많이 나니까 겁이 나서 병원에 갔다. 의사와 간호사가 "여자가 되었으니 축하한다"고 했다. 나는 생리대 사용법도 몰라서 생리가 고통스럽기만 했다.

고마워—봉사 활동

요즘 내가 제일 행복한 때는 장애인 복지 시설에 가서 봉사할 때다. 어릴 때부터 내 주변에는 부모 없는 친구들이 많았다. 그런 친구네 집에 놀러 가면 청소도 해주고 부엌일도 해주었다. 친구가 하지 말라고 해도 했다. 친구도 좋아하지만, 그러면 내 기분이 좋았기 때문이다. 봉사할 수 있어서 고맙다.

고마워—문화 체험 활동

사람들이 어디로 여행 가고 싶으냐고 물으면, 나는 제주도라고 했다. 드디어 소원이 이루어졌다. 쉼터에서 제주도에 2박 3일로 문화 체험을 다녀온 것이다. 문화 체험으로 경주에도 갔다. 뮤지컬과 가수 이은미의 콘서트도 보았다. 이은미는 성격이 활발하고 쿨한 것 같았다. 나도 그런 성격이면 좋겠다. 나는 속이 좁고 꿍하는 스타일이라 남 앞에서 싫은 소리를 잘 못하고, 겁나서 앞에서는 말 못하니까 뒤에서 말한다.

고마워—직업 교육

나는 직업을 갖기 위해 여러 가지 교육을 받았다. 이미지 메이킹, 미용 기술, 미용실에서 인턴도 했다. 지금은 병원 주방에서 보조를 하고 있는데, 이 일이 나에게는 가장 잘 맞는 것 같다. 설거지도 하고 채소도 썰고, "네, 네, 네, 알겠습니다" 하면서 조리사님이 시키는 일을 한다. 이 일자리는 장애인직업고용공단에서 소개해 준 자리다. 청소 자리도 있었는데, 내가 깨끗이 씻은 그릇에다가 환자들이 밥을 먹으면 기분이 좋을 것 같아서 주방 일을 택했다.

고마워—요리장님의 칭찬

"아이고, 우리 아무개 잘하네" 하고 요리장님은 나를 많이 칭찬해 주신다. 먹을 것도 잘 챙겨주신다. 아빠 같고 엄마 같다. 칭찬을 받으면 더 잘하고 싶다. 그래서 나는 병원 주방에서 열심히 일한다. 여기서 오래오래 일하고 싶다. 요리장님이랑은 죽을 때까지 같이 일하고 싶다.

고마워—지적장애 3급 판정

나는 어려서부터 놀림을 많이 받았다. 애들이 더럽다고 놀리고,

엄마 없다고 놀리고, 전교에서 꼴찌라고 놀렸다. 그래서 학교 다닐 때 친구가 없었다. 소풍이나 수학여행 가는 게 제일 싫었다. 학교에 가서는 아무 말도 안 하고 자리에 앉아 있어도 되지만, 소풍이나 수학여행은 어울려 놀아야 하는데, 애들이 나랑 놀아주려고 하지 않았다. 내가 같은 모둠이 되면, "왜 하필 쟤야?" 하고 투덜거리는 소리가 들렸다.

6학년 수학여행 때, 아빠에게 안 가면 안 되냐고 했다. 아빠는 아빠도 학교 안 다닌 게 후회가 많이 된다고, 6학년이니 추억을 만들어야 한다고 가라고 하셨다. 나는 수학여행 가서 아이들과 한 마디도 못하고, 혼자 외롭게 멍하니 지내다가 왔다.

중학교 때는 선생님께 안 가겠다고 말씀드렸다. 내가 학교에서 어떤 상황인지 아는 선생님은 그러라고 하셨다. 아이들이 수학여행 간 동안 나는 학교에 출석해서 청소를 했다. 교장 선생님이 "청소 잘했구나" 하고 칭찬해 주셔서 행복했다. 아이들은 나를 따돌렸지만, 나는 학교 생활을 열심히 해서 효도상과 칭찬상을 받았다. 처음 받은 상이었다. 아빠한테 보여드렸더니 매우 좋아하셨다.

초등학교, 중학교, 고등학교 모두 나는 언제나 전교에서 꼴찌였다. 성매매업소를 벗어나 여기 쉼터에서 생활한 지 얼마 되지 않았을 때, 소장님이 덧셈, 뺄셈, 곱셈, 나눗셈을 해보라고 하셨다. 문제를 내고 나더러 풀어보라고 하셨는데, 아무리 반복해서 풀어도 풀리지 않았다. 소장님은 지능 검사를 하게 해주었다. 검사에는 그림을 맞추는 것도 있었는데 매우 어려웠다. 내 지능이 7세 수준이라고 했다. 그래서 지적장애 3급 판정을 받게 되었다.

장애 판정을 받고 나서 기쁘고 고마웠다. 이제야 이해받은 느낌이었다. 나한테 지적장애가 있다는 것을 아빠가 진작 알았더라면, 나를 좀 더 이해해 주었을 것이다. 매도 조금만 때렸을 것이다. 나는 내가 늘 아이 같다고 생각했는데, 진짜 아이 수준이었던 것이다. 단어를 이해 못하고 계산을 못한 것도 다 장애 때문이었다고 한다. 이제는 내가 무언가를 못해도 사람들이 나를 이해해 줄 거라 생각하니, 장애 판정을 받은 것이 오히려 기쁘고 고마웠다. 그동안 정말 억울했기 때문이다.

내가 아이처럼 욕심이 많고, 갖고 싶은 것도 많고, 누가 하면 따라하고 싶은 것도 장애 때문이라고 한다. 대인 관계가 어려운 것도 장애 영향이 크다고 한다. 나는 그동안의 나를 이해할 수 있게 되어서 이제 마음이 편안해졌다.

미워—아빠 친구들

초등학교 4학년 때, 아빠 친구에게 성추행을 당했다. 우리를 씻겨 준다고 하고 동생은 방에 가둬둔 후, 나에게 예쁘다고 하면서 강제로 옷을 벗기려고 했다. 내가 깨물고 그랬더니, 말을 안 듣는다고 때려서 울었다. 동생이 방 안에서 우리 누나 괴롭히지 말라고 막 그랬다. 나는 아빠가 친구들 데리고 오는 게 싫었다. 아저씨가 내 가슴을 만지려고 한다고 하면, 아빠는 거짓말하지 말라고 하거나 "네가 예뻐서 그런 거야" 했다.

그러는 아빠도 "우리 딸 다 컸네" 하면서 내 가슴을 만졌다. 동생에게 얘기했더니, 동생이 "아빠가 누나 예뻐해서 그러는 거야" 했다. 분명 그게 아닌데. 아저씨들 싫다고, 아빠 친구들 데리고 오지 말라고, 이럴 바에는 아빠가 없었으면 좋겠다고 하며 아빠를 때리고 뛰쳐나간 적도 있었다. 동생이 나에게 "누나가 뭔데 아빠를 때리고 나가냐?"고 하면서 나를 때렸다. 동생도, 아빠도, 아빠 친구들도 정말 미웠다.

어려워―엄마

나는 엄마를 모른다. 엄마에 대해 아는 고모가 하나도 이야기 안 해준다. 그냥 이러기만 한다. "네 엄마랑 너랑 똑같아. 걷는 모습도 똑같아." 엄마가 나랑 똑같다니 거울 속 내 모습을 보고 엄마를 상상해 보지만, 잘 모르겠다. 엄마는 왜 소식이 없을까? 엄마는 어쨌든 어렵다.

어려워―피임

나는 피임 방법을 몰랐다. 지금은 안다. 아는 언니가 알려줬다. 생리 끝나기 전에 약 먹으면서 조절하고, 관계를 가질 때 조심하라고 했다. 쉼터에서도 가르쳐주었다. 거의 할머니로 보이는 나이 많은 분들은 "이걸 이제 와서 가르쳐주면 뭐 하냐? 진작 알려주지……" 그러신다.

나는 낙태를 여러 번 해서 몸이 이미 많이 망가졌다. 기댈 곳이 없어서 남자한테 기대고 또 의지하게 되니까 그런 일이 자꾸 생겼다. 성매매업소 실장님 아이는 두 번이나 낙태했는데, 실장님은 "내 아이인지 어떻게 아냐?"고 했다.

그래서 내가 "내가 낳아서 기를 거예요. 아이 낳아서 보호 시설에 갈 거예요" 했더니, 나를 발로 차며 이러는 것이었다. "빚진 돈이나 갚고 나가! 나가서 애 키우고 싶으면 키우든지 말든지!" 그래서 자살 기도도 했다. 목도 매고, 손도 긋고, 여기 흉터도 있다.

어려워―내 것 같지 않은 내 몸

내 몸은 내 것 같지가 않다. 추위를 잘 타고, 옆구리 한쪽이 아프다. 갑자기 쓰러질 때도 있다. 혈소판 수치도 많이 낮다고 한다. 낙태를 여러 번 해서 그런 것 같다. 낙태하자마자 바로 일하고 그랬다. 낙태 후에는 너무 힘들어서, 술을 먹고 손님 앞에서 많이 운 적도 있다. 그 손님이 다시는 자기한테 못 오게 하라고 할 정도로 울었다. 낙태한 후에 술을 먹고 담배를 피운 적도 있는데, 그건 정말 사람이 할 짓이 아니었다.

고마워―동생

　동생은 나를 많이 챙겨준다. 오빠같이 아빠같이 나를 대한다. 밤길 조심하고 옷 따뜻하게 입으라고 하고, 밥도 잘 챙겨 먹으라고 하고, 남자 조심하라고 말해준다. 그리고 "좋은 사람 있으면 나한테 먼저 소개해!" 하고 말한다. 지금은 제대하고 요리사로 일한다.

　동생이 내가 여기서 지내는 거 알고 마음이 편해졌다고 한다. 힘들어도 참고 나중에 같이 살자고 했다. 쉼터 소장님이 내 동생과 가끔 통화를 한다. 누나에게 이런 장애가 있다고 알려준 분도 소장님이다. 동생은 "그동안 누나 마음도 몰라주고, 누나가 얼마나 힘들었을지 몰라줘서 미안하다"고 했다. 어린 시절 환경이 그래서, 우리가 제대로 못 배워서 그런 거라고 이해도 해주었다.

　동생은 나와는 달리 대학교까지 나왔다. 운동도 잘하고, 어려서부터 요리를 좋아했고 잘했다. 용접 기술도 있고, 인테리어 일도 할 줄 안다. 아빠가 손재주가 있었는데 아빠를 닮은 것 같다. 동생은 얼굴도 잘생겼다. 나는 눈이 작고 못생겼는데, 동생은 눈도 참 예쁘다.

고마워―나의 변화에 도움을 준 사람들

　업소에서 나온 후 나는 스스로 살아보려고 노력하고 있다. 뭐든 혼자 스스로 하는 거, 힘든 일도 이겨내는 거, 아플 때 술 마시지 않고 잘 치료받는 거…… 지금 내 주변에는 내가 잘 살아갈 수 있게 도와주는 사람들이 많다. 나 자신을 중심으로 생각하는 법, 나를 중심으로 이끌어가는 방법을 쉼터 소장님이나 선생님, 교수님, 강사님 들이 가르쳐주었다.

어려워—술 참기

　나는 가끔 술 때문에 힘들다. 술은 고등학생 때부터 마셨고, 친구들과 술 마시는 게 재밌고 좋았다. 업소에 있을 때도 힘들거나 아프면 술을 마셨다. 술을 마시면 우울해졌지만 몸 아픈 걸 잊어버릴 수가 있어서 감기에 걸려도 병원에 가지 않고 술로 해결했다.

　우리 아빠는 알코올 중독이었다. 요즘 나는 아빠처럼 되고 싶지 않아서, 술이 마시고 싶으면 "하느님, 술이 먹고 싶은데 어떻게 해요? 제가 술을 참게 도와주세요, 꼭 도와주세요" 하면서 중얼중얼 기도한다. 그리고 술 생각을 더 이상 하지 않으려고 공원에 가거나, 음악을 크게 틀어놓고 노래를 따라 부른다. 책을 소리 내어 읽거나. "이렇게 술을 참을 수 있게 해주셔서 감사합니다" 하고 감사 일기를 얼른 쓴다. 그러면 커다란 풍선 같던 술 먹고 싶은 생각이 아주 조그만 탁구공처럼 줄어든다.

고마워—감사 일기

쉼터에서 감사 일기를 쓴 적이 있는데, 나는 감사 일기가 좋아서 요즘도 매일매일 쓰고 있다. 쉼터에서도 그룹홈에서도 감사 일기를 계속 쓰는 사람은 나뿐이다. 감사 일기를 쓰고 나면 마음이 행복해진다. 오늘은 이렇게 썼다. "오늘 굶지 않게 해주셔서 감사합니다. 오늘 출근하게 해주셔서 감사합니다. 오늘 아프지 않게 해주셔서 감사합니다……" 나는 감사 수첩을 가지고 다닌다. 나는 앞으로도 계속 감사 일기를 쓸 것이다.

어려워—공동 생활

나는 지금 그룹홈에서 네 명이 같이 산다. 쉼터에서는 선생님이 요리해 주시는 대로 밥을 먹었는데, 여기서는 우리가 알아서 해먹는다. 여러 명이 사는 것은 불편한 점이 많다. 그래서 공동체 생활에서 벗어나는 것이 나의 꿈이다. 출근해서 일하다 보면 피곤해서, 저녁에 집에 오면 얼른 쉬고 싶은 때가 많은데, 그룹홈에서는 피곤해도 청소나 정리 정돈 같은 규칙을 지켜야 한다. 내 집이면 미뤄두었다가 하고 싶은 때 해도 되지만, 여기는 규칙이 있으니까 따라야 한다. 주말에는 비교적 자유롭다. 공동 생활에서 자기 책임을 다하는 것은 힘들고도 어렵다.

그래서 나는 여기 있다가 임대 주택을 얻어서 나가고 싶다. 임대 주택 얻어 나가서, 열심히 일해서 차를 산 언니도 있다. 나도 그러고 싶다. 나는 임대 주택 얻어서 혼자 살고, 옆집에는 남동생이 살았으면 좋겠다. 동생한테, 나를 이해해 주는 착한 여자 친구가 생기면 좋겠다.

어렵지만 고마워―열심히 사는 것

지나간 것은 지나간 것이고, 현실을 받아들여야 한다. 아이를 안 지웠으면 지금쯤 초등학생이 됐겠지 싶어서, 지나가는 아이들만 보면 생각이 많이 난다. 앞으로는 어떤 유혹이 와도 유혹에 빠지지 않으려고 한다.

현실이 중요하니까 건강 잘 챙기고 돈을 잘 모아서, 내가 얼마나 고생했는지, 그 고통을 생각하며 열심히 살아보려고 한다. 메이크업도 배우고 싶다. 자격증은 취득하지 않아도 좋다. 그래도 취미로라도 배우고 싶다.

08

'했더라면 섬'을 떠나
'그럼에도 불구하고 대륙'에 도착하다

신문이나 잡지를 들춰봐도, 라디오나 텔레비전을 틀어봐도 여행 이야기는 빠지지 않는다. 사람들이 여행을 좋아해서일 것이다. 사람들은 왜 여행을 좋아할까? 여행은 새로운 세상을 만나본다는 면에서 흥미롭고 신선하기도 하지만, 그 새로움이 낯설고 어색한 것일 수 있다. 먹고 입고 씻는 것들이 불편하기 쉽고, 돈이 부족해서 간당간당하면 더 불안할 수도 있다.

그런데 왜 여행을 좋아하는 걸까? 배우러 간다고도 하고 깨달으러 간다고도 하지만, 여행 간다고 해서 인생이 확 달라지는 것 같지도 않은데, 그런데도 왜 그렇게 여행을 떠나고 싶어 할까? 답은 "인생은 여행"이라는 말에서 찾을 수 있을 것 같다. 사람들은 인생을 알고 싶은 것이다. 인생이라는 큰 여행을 알고 싶어서, 여행이라는 작은 여행을 끊임없이 떠나는 것이다.

인생이 여행이라면, 세상에 태어나 나는 30년 가까이 여행을 이어가고 있다. 30년 가까운 큰 여행 속에는, 가방 싸들고 떠난 소소한 여행도 많았다. 다른 사람도 그럴 것이다. 행선지가 관광지는 아니었지만, 여행인 줄도 몰랐지만, 돌이켜보면 여행이었던 사건도 많을 것이다.

세상에는 다양한 이름의 여행 상품이 많다. 효도 관광 여행, 봄맞이 여행, 겨울 눈꽃 여행, 나를 찾아가는 여행, 경건에 이르는 성지 순례 여행, 힐링 여행, 바다 낙원 여행, 대자연과 하나가 되는 여행, 영원한 사랑 허니문 여행……

　　지금껏 걸어온 나의 인생 여행에 이름을 붙인다면, 어떤 이름을 붙일 수 있을까? 나는 내 여행의 이름을 이렇게 붙여본다. '했더라면 섬'을 떠나 '그럼에도 불구하고 대륙'에 도착한 여행이라고.

　　나의 여행은, 영화 포스터에 적힌 말처럼 하자면, 스펙터클하고 스릴 있고 다소 선정적이면서 눈물샘을 자극하기도 해서, 충분히 다른 사람의 이목을 끌 만한 것이었다.

　　그러나 얼마 전까지만 해도 나는, 나의 흥미로운 여행담을 아무에게도 얘기하지 않았다. 얘기하기 싫었기 때문이다. 그런데 이제 나는 나의 여행담을 이야기한다. 여학생들에게 도움이 된다면 기꺼이. 가출 청소녀에게 도움이 된다면 더 기꺼이.

　　어제도 나는 가출 청소녀 세 명을 만나 내 얘기를 해주었다. 상담 선생님이나 학교 선생님처럼 어른 입장에서 얘기한 건 아니다. 중·고등학교 학생일 때 나는 잘난 척하며 가르쳐주려는 어른이 딱 질색이었다. 그런 어른이 하는 이야기는 옳은 말이어도 따르기 싫었다.

　　그러니 내가 만난 가출 청소녀들도 마찬가지일 거라 생각하고, 우선 그 애들이 하는 말을 들어주었다. 그리고 내 경험도 솔직하게 말해주었다. 억지로 열심히 들어준 건 아니다. 이야기를 듣다 보면, 너무

도 안타까워서 저절로 귀가 기울여지고, 그러면 안 되는데 싶어서 내 속이 바짝바짝 타는 걸 느낀다.

어제 만난 소녀 중에 머리에 빨간 염색을 한 아이는 "저는 엄마가 없어요. 그래서 친구들이랑 놀러 다녀도 아무도 뭐라고 하는 사람이 없어요. 거기도 친구 따라간 거예요" 하며 자기 얘기를 시작했다. 엄마가 없다는 말과 친구 따라 그곳에 갔다는 두 가지 말이, 체한 것처럼 내 가슴에 턱 걸렸다. 고등학생 때의 나 같아서였다.

"그랬어? 나도 그랬는데……" 했더니, 그 소녀가 놀라워했다. "언니도요? 진짜요?"

나는 할머니 밑에서 자랐다. 아주 어렸을 때는 넉넉하게 자란 편이었는데, 부모님이 이혼하시자 사정이 달라졌고, 자존심이 많이 상했다. 친구들과 어울려 놀다 보면 머리핀이라도 하나 사야 할 때가 있고, 친구가 떡볶이를 사주면 두 번에 한 번은 나도 사야 한다. 그래야 예의와 우정이 유지되고 왕따도 당하지 않는다.

그래서 고등학교 1학년 때부터 3학년까지는 필요한 물건이 있으면 아르바이트를 해서 샀다. 엄마 아빠 없는 티를 내는 게 싫어서 그랬다. 중학교를 졸업한 다음에 엄마와 연락은 했다. 엄마는 재혼하지는 않았고, 사귀는 남자는 있었는데, 그런 관계가 이상하게 느껴져서 엄마 얘기는 아무에게도 하지 않았다.

고등학교 졸업식을 앞둔 1월에 내가 친구와 한 아르바이트는 고 깃집 서빙이었다. 해본 사람은 알겠지만, 고깃집 아르바이트는 노동 강도가 세다. 그런데도 미성년자라고 돈도 제대로 주지 않았다. 어느 날 친구가 말했다. "술을 공짜로 마실 수 있는 알바가 있어. 술만 따라주면 돼! 같이 가자!" 나는 고등학생 때부터 친구들과 술을 마셨다. 술 마시는 게 좋았다. 그래서 얼씨구 하고 친구를 따라갔다.

아, 그때 따라가지 않았더라면 얼마나 좋았을까? 그때 친구 말을 듣는 것을 멈추었더라면 내 인생이 달라졌을 텐데.

친구를 따라가자, 정말 술만 따라주고 술만 마시면 되는 일이었다. 돈도 고깃집보다 많이 주었다. 그래서 고깃집을 그만두고 그 일을 시작했다. 술 마시는 건 좋았지만, 술집에서 일한다는 것이 마음에 걸려서 그만두고 싶은 마음이 종종 생겼다. 그때 그만두었더라면 얼마나 좋았을까? 그러면 내 인생길은 지금과는 달랐을 것이다.

그런데 내가 그만두고 싶다고 하면, 그때마다 업주가 못 그만두게 했다. 업주는 나를 좋아하는 것 같았다. 친엄마도 나를 안 챙겨주고 떠났는데, 업주는 배고프다고 하면 밥도 같이 먹어주고, 몸이 허하다고 하면 맛있는 것도 사주고, 우리 가족은 한 번도 안 챙겨준 내 생일도 화려하게 챙겨주었다.

그래서 나는 "언니, 그만둬야 할 것 같아요" 했다가도, 업주 언니가 "그럼 사람 구할 때까지만 좀 도와줘. 응?" 하니까 거절을 못하고 매

번 그냥 주저앉은 것이다. 그곳은 내가 여행한 '했더라면 섬' 중의 하나다. 그 섬에 가지 않았다면 좋았겠지만, 가고 만 성매매업소라는 섬……

　　내가 "업주 언니가 갑자기 장부를 펼쳐 내밀었어" 하고 얘기를 꺼내자, 지루한 듯 운동화 발끝으로 교실 바닥을 톡톡 두드리며 껌을 씹던 아이가 갑자기 허리를 세워 똑바로 앉았다. 알 수 있었다. 그 아이도 나와 비슷한 일을 겪은 것이다.

　　나는 성매매업소에서 5년을 있었는데, 한 집에만 있었다. 내가 기어이 나가겠다고 하자, 업주 언니가 "나가겠다고? 그럼 돈 다 갚고 나가!" 하며 장부를 꺼내 펼쳤다. 돈을 갚으라니, 나는 깜짝 놀랐다. 나는 빚이 없었기 때문이다. 업소를 나오기 1년 전쯤, 방을 얻으려고 보증금 300만 원과 월세 28만 원을 잠시 빌린 적은 있었다. 그 328만 원 빚을, 분명히 다 갚았는데, 업소를 나오겠다고 하니, 빚이 있다는 것이다.

　　그것만으로도 놀랐는데, 더 놀라운 것은, 내 빚이 1,500만 원이라는 사실이었다! 기가 막혀서 입을 딱 벌리고 눈이 휘둥그레진 나에게 업주는 차용증을 내밀었다. 사인을 하라고 했다. 빌리지도 않은 돈을 빌렸다고 사인을 하라니, 말도 안 되는 일이지만, 나는 거기 사인을 했다. 업소의 무서운 삼촌들이 나를 둘러싸고 있었기 때문이다. 누구라도 그 상황에서는 그렇게 했을 것이다. 그때까지만 해도 업주가 3년에 걸쳐 나를 계속 괴롭힐 줄은 정말 몰랐다.

"업주 언니가 뭐예요? 디게 웃기다……" 하고 야구 모자를 쓴 아이가 물었다. 만나지 않았더라면 더 좋았을 그 업주를, 나는 언니라고 불렀다. 나보다 한 대여섯 살 많았을까…… 30대 중반으로 보이는 그 여자가 술집 사장이었다. 업주 언니는 나에게 자기 일을 나눠주면서 "내가 너를 얼마나 믿고 좋아하는지 알지?" 하고 말하곤 했다.

이를테면 아가씨들이 새로 들어오면, 업주 대신 아가씨를 룸에 들여보내는 일을 맡겼다. 외상 술값을 수금하는 일도 하게 했다. 손님들 전화를 받고, 명함을 뿌리는 일도 했다. 그러면서 업주와 더 밀착된 느낌을 가졌고 친하다고 착각했는데, 나중에 알게 되었다. 업주가 노린 게 바로 그것임을. 그들은 내가 업소에서 나가지 않기를 바랐고, 자기네들을 위해 계속 착취당하기를 원했던 것이다.

나는 야구 모자 쓴 소녀에게 말해주었다. 나에게 잘해주는 사람 중에는 뒤에 음모가 있는 경우도 있다고. 진짜 잘해주는 사람과 나를 망가뜨리기 위해 잘해주는 사람을 구별해야 한다고.

"그걸 어떻게 알아요?" 야구 모자챙을 뒤로 돌리며 소녀가 물었다.

갑자기 할 말이 없어졌다. 나도 그걸 단번에 구별할 수는 없으니까. 그래서 쉼터 얘기를 해주었다.

성매매업소를 나온 나는 머물 곳이 필요했다. 가족에게 갈 수는 없었다. 업주의 빚으로부터 벗어날 수 있게 나를 도와준 상담소에서 내

가 쉼터에서 지낼 수 있게 해주었다.

쉼터에 왔을 때 가장 힘들었던 것은, 쉼터 활동가들이 나에게 다정하게 말해주는 것이었다. "밥 먹었어요?" 이렇게 친절하게 묻는데, 배고프면 내가 알아서 먹을 텐데 계속 따라다니면서 묻고 챙겨주니까, 오히려 불편했다.

친절한 대접을 받아본 적이 별로 없는 나는 그들의 친절이 가식 같고, '내가 업소에서 일하다가 여기 온 것을 다 아니까, 내가 불쌍하고 안쓰럽고 도망 나온 것처럼 보여서 이렇게 잘해주나?' 이런 생각이 들었다. 나중에 알게 되었다. 쉼터에 있는 사람들은 갈 곳이 없어서 여기 있는데, 다 상처가 깊은 사람들이라 나처럼 관계 맺기를 어려워한다는 것을…… 그래서 그 마음을 보듬어주려고 쉼터가 친절하다는 것을.

친절을 거부하던 내가 친절을 고맙게 받아들이게 된 것은 큰 변화다. 나는 이제 다른 사람들에게도 친절하게 대하려고 노력하고, 다른 사람들이 내게 친절하게 대해주는 것도 좋아한다. 하지만 누가 진정 나에게 잘해주는 사람인가는 앞으로도 잘 구별해야 할 문제 같다.

나는 소녀에게 "당장 달콤하게 들리는 말을 해주는 게 꼭 잘해주는 건 아니야. 듣기 싫은 말이 나를 위한 말일 수도 있어" 하고 말했다. "왜, 입에 쓴 약이 몸에는 좋다잖아. 그런 말 들은 적 있지?" 껌을 씹던 소녀가, 입에서 껌을 꺼내 지익지익 늘이다가, 어느 순간 뭉치더니 따다닥 하고 풍선 터지는 소리를 연이어 냈다.

"나도 그거 잘하는데!" 하고 말하자, "하나 줘요?" 하고 껌 소녀가 껌 하나를 내밀었다. 풍선껌이었다. 껌 소녀는 다시 껌을 지익지익 늘여, 연타로 풍선 터뜨리기를 한 바탕 더 한 후에 말했다. "그럼, 1,500만 원은 어떻게 됐어요? 언니가 쓴 돈도 아닌데? 차용증도 썼다면서요?"

사실 나는 성매매여성을 도와주는 상담소가 있는지도 몰랐다. 그런 상담소에서는 성매매 현장에 나가 업소 여성들에게 상담소 연락처가 적힌 작은 선물을 나누어주는 홍보 활동(아웃리치)을 한다. 그런데 내가 있던 업소는 도로 밖에서부터 업소 삼촌들이 다 차단을 해서 상담소 사람들을 만날 수 없었다.

어느 날 나랑 같이 일하는 언니를 업주가 때렸는데, 상담소 연락처를 알고 있던 다른 동생이 폭행당한 언니를 위해 상담소에 전화를 해주었다. 그 일로 나도 상담소를 알게 되었다. 업주가 나한테 빚을 만들어 뒤집어씌우자, 업주에게 폭행당했던 언니가 "너도 나랑 같이 상담소에 가자! 가서 도움을 청하자!"고 했다.

처음에 나는 안 간다고 했다. 도망간 애들이 어떻게 잡혀왔는지 지난 5년 동안 보아왔기 때문에 '저들은 어떻게 해서든 날 찾아내서 가만두지 않을 거야' 하고 생각했고, 무서웠다. 다른 업소를 찾아 돈을 당겨서 이 업소에 주고 그 새 업소로 떠날 생각만 했지, 성매매 자체를 떠난다거나 상담소에 가서 바로잡을 생각은 아예 못한 것이다.

그런데 그때 그 언니와 내 남자 친구가 자꾸 말했다. "쓰지도 않은 돈을 왜 주냐? 상담소에서 도와준다잖아. 가서 물어봐!" 그 말이 맞는 것 같아 언니랑 상담소에 오게 된 것이다. 상담소에 와서도 나는 상담원들을 경계했다. '다 얘기해도 될까? 왜 나를 도와주겠다는 거지?' 하는 의심이 계속 들었고, 조건 없이 도와준다는 것도 이상했다.

그런데 내가 상담소 사람들에게 마음을 열게 된 사건이 터졌다. 내가 쓴 차용증을 빌미로 업주가 나를 고발하자, 상담소에서는 법률적인 대응을 하도록 나를 도와줬는데, 어느 날 대질 조사를 하러 경찰서에 가게 되었다. 조사 장소인 2층으로 가려고 계단을 오르는데, 갑자기 사람들이 몰려와 나를 때렸다. 맞는 와중에 살펴보니, 업주가 사채업자와 일하는 아가씨들을 다 데려왔고, 그들이 나를 때리는 것이었다.

상담소 선생님들은 앞서가고 있었고, 그 옆에 경찰들도 있었는데 경찰은 바라보고만 있었다. 선생님들이 놀라서 뜯어말리며 소리를 질렀다. "사람이 맞고 있는데 말리지도 않고 뭐하는 거예요!" 그러자 경찰들이 말했다. "어디 과에요? 그쪽 과에 가서 빨리 내려오라고 하세요." 나는 폭행을 당하며 그 소리를 다 들었다. 나중에는 경찰서 정문 앞에 서 있는 전경 두 명이 와서 뜯어 말렸고, 여성청소년계 과장이 2층에서 내려와 말렸다.

무지막지하게 맞고 나니 모든 것이 겁나고 무서웠다. 일단 2층으로 올라가서, "지금 상태로는 대질 조사 못하겠다"고 했다. 우리가 경찰서 건물을 나서자, 업주 일행이 우리 차 앞에 누워서 못 가게 막았다. 결국 전경 수십 명이 우리를 둘러쌌다. 그래도 그들은 비켜주지 않았다. 경찰과장이 내려와서 "이분들 가는데 한 번만 더 막으면 바로 구속하겠다"고 하자, 그때부터는 막지는 않고 욕만 했다.

　　나는 너무 충격을 받아서 입원했고, 신경과 약까지 먹어야 했다. 경찰서에서의 일을 겪고 나니, '진술서도 제출했는데 경찰이 제대로 조사 안 하면 어떡하지?' 하는 마음까지 생겼다.

　　업주는 얼마나 지독한지, 한 달에 한 번씩 다른 내용으로 고소장을 접수했다. 나는 겁이 점점 더 났는데 선생님들은 별거 아니라고 힘을 많이 주었다. 선생님들한테서 에너지를 받아서인지, 내 자신이 조금씩 강해지는 걸 느꼈다. 선생님들도 경찰서 안에서 폭행이 생긴 건 처음이라고, 그 다음부터는 내가 조사받으러 가면 선생님들이 6~7명씩 같이 가주었다. 비슷한 사건을 겪는 아가씨들이 경찰서나 법원에 갈 때는 선생님이 한두 분 정도 따라가는데, 내가 무서워하고 업주가 지독하니까 특별히 배려한 것이다.

　　나를 보호해 주고 내가 의지할 수 있는 사람들은 선생님들밖에 없다는 생각을 그때 했다. 상담소 선생님들이 진심으로 같이 걱정해 주는 게 보이고 내 마음이 열리자, 상담소에서 받는 교육도 머리에 더 잘 들어왔고, 왜 성매매를 하면 안 되는지도 확실히 알게 되었다.

　　그 시기부터 상담소 사람들과 진심으로 많은 얘기를 했던 것 같다.

이제 나는 상담소를 나를 키워준 집이라고 생각하고 친정이라고 생각한다. 나의 친정에는 엄마와 동생들이 있는데, 나에게 또 하나의 친정이 생긴 것이다. 나는 시내에 나올 기회가 있으면 꼭 상담소에 들른다. 상담소 사람들은 내가 성장할 수 있도록 지지해 주었고 위기에서 나를 구해주었다. 그러니 어찌 이 친정 식구들이 보고 싶지 않겠는가?

내가 휴지를 내밀자, 껌 소녀가 손으로 조몰락거리던 껌을 휴지에 싸며 말했다. "그럼, 빚은 안 갚아도 되는 거예요? 내가 쓴 돈 아니니까?"

"물론이지. 상담소 선생님한테 솔직하게 다 얘기하면 방법을 찾아주실 거야." 껌 소녀 눈에 물기가 어리는 것 같아 나는 서둘러 다른 얘기를 꺼냈다.

"이런 거 묻는다고 꼰대 같다고 하지 마. 조건 만남은 왜 했어?" 셋이 동시에 말했다. "돈 때문이죠." 뭘 그런 시시한 걸 묻느냐는 듯한 표정이다.

나는 다시 물었다. "꼰대들을 대표해서 내가 물을게. 다른 아르바이트 해도 되지 않을까?" 야구 모자 소녀가 말했다. "에이, 알바 돈은 한 달 뒤에나 들어오잖아요. 게다가 뭐 돈이나 제대로 주나? 어린 우리들 돈을 조금이라도 떼어먹으려고 안달인 걸."

내가 야구 모자 소녀 말을 받았다. "맞아, 나도 그랬어." 빨간 머리 소녀가 오른손 검지손가락으로 빨간 머리를 배배 꼬며 말했다.

"나는요, 집에 있는 것보다 가출한 게 더 나았어요. 잘 곳도 없고 먹을 것도 없었지만, 마음은 편했거든요. 언니도 나 같은 집에 살았으면 가출하지 않고는 못 배겼을 걸! 집은 나왔고, 당장 먹어야 하고 자야 하는데 그러려면 돈이 있어야 하잖아요. 당장 돈을 주면 나도 아르바이트 했을 거예요. 그런데 아르바이트하면 일주일 뒤나 한 달 뒤에 돈을 주니 어떻게 해요? 조건 만남이라도 해야 빵이라도 사먹지…… 뭐, 내가 잘했다는 건 아니에요…… 누군 뭐 그러고 싶어서 그랬나? 그리고 솔직히 알바 자리도 별로 없어요. 누가 10대한테 알바 자리를 줘요…… 일할 어른이 쎄고 쎘는데……"

"그럼 쉼터가 있어서 가출해도 안전하게 머물 수 있으면, 조건 만남 같은 건 안 할 수도 있겠네?"

"에그, 그걸 말이라고 해요?" 야구 모자 소녀가 혀를 차며 말했다. "그런데 쉼터가 빡빡하지 않아야 해요. 쉼터가 있다는 걸 아는 애들도 많은데, 거기 가면 숨이 막히거든요. 그러니까 안 가려고 해요. 외박도 못하게 하지, 담배는 하루에 딱 한 개만 피우라고 하지, 휴대폰도 시간 정해놓고 쓰라고 하지, 술도 못 먹게 하지, 공부 싫어하는 애들한테 교육도 받으라고 하지…… 말만 쉼터지 학교 같거든요. 학교 싫어서 안 다니는 애들한테 다시 학교 다니라고 하는 거나 마찬가지예요."

"그럼 좀 널널하게 있게 해주면, 쉼터에 있겠네?"

"그럼요. 먹여주고 재워주는 데가 있으면, 앞으로 어떻게 살까, 무얼 하며 살까 생각해 보겠죠. 그런데 나는 생각할 시간이 없었어요. 먹고 자는 게 급하고, 돈이 급하니까…… 뭐 내가 잘했다는 건 아니에요, 어쩔 수 없는 사정도 있었다는 얘기지……"

그때 껌 소녀가 껌을 하나 새로 꺼냈다. 야구 모자 소녀가 그 껌을 낚아채 입에 넣었다. 껌 소녀는 야구 모자 소녀를 쩨려보더니 껌을 또 하나 꺼내 입에 넣었다. 나는 아까 껌 소녀한테 받은 껌의 껍질을 벗겼다. 우리 셋은 소리 내어 껌을 씹었다. 빨간 머리 소녀만 소외된다고 생각했는지 껌 소녀가 또 껌을 꺼내 빨간 머리 소녀에게 내밀었다.

우리 넷은 한동안 말도 안 하고 껌만 씹었다. 후~ 풍선도 불고, 딱딱 소리도 냈다. 딱딱 소리가 똑같이 나거나, 풍선을 똑같이 불거나, 풍선이 터지면서 콧등에 붙어버리면 웃음이 터졌다.

가출 청소녀들에게 이렇게 내 얘기를 말하다 보니, 나의 과거가 점점 덜 심각해지고 별거 아닌 경험이 된다. '그때 그렇게 했더라면' '그때 안 그랬더라면' 하는 후회는 여전하지만, 어린 시절의 나를 미워하지는 않게 된다. 그 애들 마음이 이해되는 순간 가슴이 뚫리면서 마음이 넓어지는 느낌이 든다.

앞으로도 나는 가출한 10대들이나 성매매를 경험한 10대들과 이야기를 많이 하고 싶다. 나는 상담사도 아니고 선생님도 아니고 잘난 언니도 아니지만, 그 아이들 얘기를 '본격적으로 들어주는 일'을 하고 싶다. 비슷한 경험을 한 언니에게 털어놓다 보면, 저 애들도 마음이 후련해질 것이고, 같이 이야기하다 보면, 더 나은 방향으로 생각하게 될 것이다. 사람은 누구나 더 좋은 사람이 되고 싶고, 더 나은 사람이 되고 싶은 법이니까, 분명 이 아이들도 생각할 시간만 있으면 전과는 다른 생활을 꿈꾸게 될 것이다.

"나 결혼했다! 임신도 했어!" 내가 그렇게 말하자, 애들이 물었다. "진짜요?"

"그럼, 나 시부모님과 살아. 물론 시부모님은 내 과거를 모르시지! 결혼한 건 좋은데, 걱정은 좀 돼. 예전에 일했던 업소 사람이 찾아올까봐 걱정되고, 그 빚 문제가 또 터져서 법원에서 편지 같은 거 날아올까봐 걱정돼. 악몽도 꾼다니까. 업소에 있던 무서운 삼촌들이 시부모님이랑 같이 사는 집으로 쳐들어오는 꿈!"

아이들은 동시에 물었다. "남편은 잘생겼어요?" "키 커요?" "어떻게 만났어요?"

나는 솔직하게 다 말해주었다. 술집에서 친구들과 술 마시다가

옆 테이블에 있던 사람들과 이야기를 나누게 되었는데 그중 한 남자라고 얘기가 통해서 사귀었는데, 내 과거를 얘기할까 말까 고민이 됐다고.

그때 나는 정말 고백할까 말까, 얼마나 망설였는지 모른다. 룸살롱에서 일했다는 것을 고백하는 것은, 쌍꺼풀 수술을 했다는 고백이나 문구점에서 볼펜 한 자루를 훔쳤다고 고백하는 것과는 다른 차원의 고백이다. 온 밤 내내 고민하던 나는 결국 고백했다. 한동안 이러저러한 일을 했다고, 내 과거가 싫으면 만나지 말자고. 그 말을 하는데 가슴이 쿵쾅쿵쾅거렸다. '싫다고 하면 헤어지면 되지 뭐' 싶으면서도, 이 남자가 돌아서 갈까봐 떨렸다.

그런데 이 남자는 그게 뭐 어떠냐고 했다. 남자 친구가 그때 웨이터 일을 하고 있어서, 어쩔 수 없는 사정으로 그런 일을 하는 여자들을 많이 보았기 때문인지, 내 진심이 전달되었는지, 사랑이 깊어져서인지는 모르겠다. 이 남자에게 솔직하게 말한 것은, 나중에 나의 과거를 알게 되었을 때 배신감을 느끼게 하고 싶지 않아서였다. 다 알고 있어야, 업주가 찾아오는 일이 있어도 이 남자가 당황하지 않을 것이고, 나를 보호해 줄 것 같았다.

나는 말했고, 그는 받아들였다. 결혼식 올리기 한 달 전, 아빠가 돌아가셨는데, 딸만 있는 우리 집에 와서 남자 친구가 상주 노릇을 해주었다. 그때는 정말 든든하고 눈물이 날 만큼 고마웠다. 고백을 한다는 것은 두려운 일이었지만, 마음이 편해지는 면도 있었다.

지금 나는 임신중이다. 나는 부모의 보호를 제대로 받지 못하고 자랐기 때문에, 내 아이는 잘 보호하며 키우고 싶다. 엄마와 아빠가 사랑한다는 것을 아이가 많이 느끼게 해주고 싶다. 가정은 돈이 많고 적음을 떠나서 탈 없이 평탄하게 지내는 것이 제일 중요하다는 걸 내 경험으로 깨달았다. 나도 그런 평화로운 가정을 이루고 싶다.

"그럼 언니는 쉼터랑 상담소에서 지낸 게 좋았어요? 잘한 거 같아요?" 야구 모자 소녀가 모자챙을 다시 앞으로 돌려쓰며 물었다.

그 설명을 하자면 좀 복잡하다. 결과적으로는 좋은 일이지만, 중간중간 회의에 빠진 때도 많았으니까. 성매매업소를 나온 후, 상담소와 쉼터에 있으면서 나는 많은 것을 배웠다. 홈패션도 했고, 공방에서 이것저것 만드는 것도 배웠다. 그런 배움의 과정이 직업으로 연결될 것 같아 마음이 부풀기도 했다. 그런데 아니었다. 사회에서 원하는 수준은 훨씬 높았다. 그렇다고 실망만 하고 있을 수도 없었다.

성매매에서 벗어난 친구들이 제일 노력하는 분야는 자격증 따기이다. 독립해서 살아갈 수 있으려면 사회에서 인정해 주는 '쫑'이 필요하니까. 나는 고등학교 과정을 마친 상태여서 검정고시는 볼 필요가 없었다. 그것만도 꽤 유리한 조건이었다. 성매매가 아닌, 사회에서 지탄받지 않는 일을 하며 생활비를 벌어야겠다는 결심이 서자, '내가 무엇을 할 수 있을까?'에 생각이 모아졌다.

진로 적성 프로그램에 참여하면서, 내가 회계 업무에 소질이 있고, 컴퓨터도 잘한다는 것을 알게 되었다. 정보고등학교에 다녔기 때문에 컴퓨터 관련 자격증도 몇 개 따놓은 게 있었다. 적성도 살리고 자격증도 살리기 위해 회계 쪽으로 인턴십을 하기로 했다. 그 분야는 엑셀이나 피피티를 잘해야 하는데 해본 지가 오래돼 컴퓨터 학원에 갔다. 그런데 내가 딴 자격증이 옛날 거라 인정을 못 받는다는 것이 아닌가. 하는 수 없이 나는 다시 자격증을 땄고, 인턴 사원으로 회사에 다녔다.

아기를 낳고 나면 회계 업무 자리에 취직하고 싶다. 배운 일을 현장에서 실습해 보니, 일하는 것은 자랑스럽고 짜릿했다. 나는 워킹 맘이 되고 싶다.

아이들에게 쉼터 얘기를 해달라고 했더니, 셋은 서로 시선만 교환하고 말을 꺼내지 않았다. 하는 수 없다. 이런 때는 내 얘기를 먼저 꺼내는 수밖에.

나는 쉼터에 살면서도 같이 사는 여자들을 경계했다. 지금 생각하면 어처구니가 없다. 같은 성매매 경험을 가진 여성인데, 그런 여성들을 놓고 등급을 나누고 차별했기 때문이다. '이 사람도 업소 일을 했다고? 이렇게 못생긴 사람이? 너는 다방 출신이고, 너는 노래방 출신이구나. 그래도 나는 룸에서 일했으니까 너희와는 급이 다르지' 이런 생각들……

그런데 공부를 하고 보니, 업소 이름만 다르지 피해자가 된 과정과 한 일은 똑같았다. 성매매에 대해 교육받으면서 그런 차별하는 마음이 무너지고 동료 의식이 생겼다. 업주를 믿었던 내가, 같은 일을 한 동료는 차별하고 믿지 못하다니, 그 시기의 나는 모순덩어리였다.

세 소녀는 내 말을 들으며 킥킥거렸다. 자기네들도 나 같은 생각을 한 적이 있단다. 그리고 완전 재수덩어리와 병 맛인 애, 허세 쩌는 애는 같이 놀기 싫단다.

우리는 다음 주에 다시 만나 일주일 동안 지낸 얘기를 하기로 했다. 내가 입덧인지 순대가 당긴다고 했더니, 자기들이 사주겠다고 했다. 나는 떡볶이와 튀김, 어묵을 사주기로 했다.

귀여운 아이들. 나는 모든 여성이 다 성매매를 하지 않을 권리가 있다고 생각한다. 그러려면 성매매를 하지 않도록 사회가 지켜주어야 한다. 갈 곳 없는 어린 소녀라면, 그 소녀가 성매매를 하지 않고도 살 수 있게 해주어야 하는 것이다.

나는 이제 '그럼에도 불구하고 대륙'에 도착했다. 이곳은 내가 과거를 후회하며 지냈던 '했더라면 섬'과는 비교할 수 없이 넓고 크다. 인생이라는 여행에서 내가 새로 도착한 대륙에는 결혼이라는 세계, 육아라는 세계, 취업이라는 세계, 워킹 맘이라는 세계, 이웃 아줌마들과

사귀는 세계 등등 미지의 세계가 펼쳐져 있다.

　　나는 이 여행을 차근차근 즐길 것이다. 그리고 대륙에서의 이 여행에는 가족과 함께 가출 청소녀들을 나의 동행으로 챙길 것이다. 어린 날의 모든 상처에도 불구하고, 다른 누군가를 돕는 한 사람의 성인으로 나를 설 수 있게 도와준 것이 바로 가출 청소녀들과의 대화였기 때문이다.

　　그러지 않았으면 좋았을 일들, 일어나지 않은 게 나았을 일들을 많이 겪었지만, 후회와 아픔이 많음에도 불구하고 나는 여기까지 잘 왔다. 앞으로도 나만의 인생을 잘 여행할 수 있을 것이다.

　　"나의 인생아, 과거가 힘들었음에도 불구하고 새로운 세계에 온 것을 환영해. 이제 이 새로운 세계에서 나의 꿈을 이루어보자. 행복하게, 건강하게, 아내로, 엄마로, 며느리로, 가출 청소녀들의 아픔을 들어주는 상담사로, 남부럽지 않게 잘 살아보자! 새로운 대륙에서의 여행 역시 쉽지는 않겠지만, 그래도 어려움이 닥칠 때마다 '그럼에도 불구하고 나는 할 수 있다'는 긍정적인 마음으로 여행을 이어가자. 그러다 보면 내 머리가 희끗희끗해진 어느 날, '너 참 열심히 잘살았어!' 하고 내 자신의 어깨를 두드려줄 수 있지 않을까? 그날이 올 때까지 달리자, 나의 인생아, 파이팅!"

모두가 행복한 세상을 꿈꾸는 당신과
조금 더 나누고 싶은 이야기

성매매특별법이란 무엇인가요?

2004년 9월 23일부터 시행된 '성매매알선 등 행위의 처벌에 관한 법률'과 '성매매방지 및 피해자보호 등에 관한 법률'을 통칭하여 말합니다.

'성매매알선 등 행위의 처벌에 관한 법률'은 성매매, 성매매 알선 행위와 성매매를 목적으로 한 인신매매를 없애고, 성매매 피해자의 인권을 보호하기 위한 법입니다. '성매매방지 및 피해자보호 등에 관한 법률'은 성매매 방지 및 성매매 피해자 등을 보호하고 그들의 자립을 지원하고자 하는 것이 그 목적이고요.

성매매 피해자 개념이 도입된 성매매특별법 시행으로 피해자에 대한 보호와 지원은 두텁게 하고, 성매매 알선업자 등에 대한 처벌은 강화되었습니다.

성매매특별법은 왜, 어떻게 만들어졌나요?

성매매 현장에서는 슬프고 안타까운 일들이 많이 일어나지만, 특히 우리 사회에 충격을 안겨준 사건이 있었습니다. 바로 2000년과 2002년 군산 성매매 집결지에서 발생한 화재 사건입니다. 이 두 차례의 화재 사건으로 2000년 9월, 군산 대명동 집결지 업소에서는 다섯 명의 성매매여성이, 2002년 1월 군산 개복동 성매매업소에서는 무려 14명의 성매매여성이 생명을 잃었습니다. 업소에 쇠창살, 잠금 장치 등이 설치되어 있어 불이 나도 탈출할 수 없었던 것이죠. 희생당한 여성들이 감금된 채 성매매를 강요당했다는 사실이 여러 가지 자료와 일기를 통해 드러났습니다.

이를 계기로 정부, 현장 활동가들, 학자들, 변호사들, 시민들의 뜻을 모아 성매매 피해자의 인권을 보호하고 성을 사고파는 행위와 이를 알선하는 행위를 근절하기 위한 '성매매특별법'이 만들어졌습니다.

성매매는 왜 여성 폭력인가요?

　　2011년 여름, 포항의 성매매업소에서는 여성 여덟 명이 연달아 자살하는 사건이 있었습니다. 이 여성들은 업주에 의해 강요된, 불평등한 계약으로 인해 불어난 선불금과 업주 등의 빚 독촉 때문에 죽음을 선택할 수밖에 없었던 것이죠.

　　성매매 구조에는 성을 사는 사람과 파는 사람뿐만 아니라 그 사이에서 가장 큰 이득을 얻는 알선업자들이 존재합니다. 이 알선업자들은 업계 관행이라는 이름하에 성매매여성들을 다양한 방식으로 착취하고 있지요. 성매매업소에서는 여성들이 먹고 자고 입고 씻는 모든 것이 빚으로 쌓이고, 높은 이자와 각종 벌금을 매기고, 또 사채를 쓰게 하거나 여성들끼리 연대 보증을 서게 하는 등의 방식으로 빚이 계속 늘어나게 만듭니다.

　　성매매여성들에 대한 착취는 경제적인 것만이 아닙니다. 감금과 감시, 폭행, 협박, 이동의 제한 등으로 인해 성매매여성은 업소 밖 세상과 점점 멀어지게 됩니다. 그래서 성매매여성들은 '성매매가 아니면 이제 와서 내가 나가서 뭘 할 수 있겠나? 나를 알아보는 사람들이 있지 않을까?' 하는 두려움도 갖게 됩니다.

또한 성매매 현장에서 성매매여성들은 성구매자에 의한 폭력에도 쉽게 노출됩니다. 돈을 지불했다는 이유만으로, 성매매 공간 안에서 성구매자는 여성들에게 무엇이든 할 수 있는 권력자라고 생각하는 경우가 많습니다. 성매매여성이 성구매자의 무리한 요구를 거절했다가 폭력 피해를 당하거나 생명을 잃게 되기도 합니다.

그래도 돈을 주고받으면
개인 간의 상거래로 볼 수 있지 않나요?

단순히 생각하기에는, 성매매가 돈을 주고받으며 개인 간에 이루어지는 상거래처럼 보일 수도 있어요. 그러나 성을 사는 것은 물건을 사는 것과는 다릅니다. 성을 파는 행위와 그 사람을 분리할 수 없기 때문에 성매매는 사람 자체를 거래의 대상으로 삼게 되는 셈이죠. 따라서 성매매를 허용하는 것은 그 사회가 인간의 몸을 돈으로 거래해도 된다고 허락하는 것이 됩니다.

그리고 성매매는 '돈'을 매개로, 성을 파는 사람과 사는 사람 사이에 '알선업자'가 포함된 구조로 이루어진다는 점이 중요합니다.

예를 한 가지 들어보겠습니다. 10대 소녀가 가정 내 여러 가지 문제로 인해 집에서 벗어나 거리로 나오게 되었습니다. 아마 가정 해체나 방임, 가정 폭력이나 친족 성폭력 등으로 인해 밖으로 나오는 것이 집에 있는 것보다 나을 거라 여겼기 때문일 겁니다. 그러나 돈 없이는 잘 곳도 먹을 것도 마련할 수 없었습니다. 소녀는 돈을 벌기 위해 아르바이트 자리를 구하려고 하지만, 부모의 동의 없이는 일자리를 구하기가 쉽지 않지요.

어렵게 겨우 얻은 아르바이트를 시작했는데, 가게 주인은 소녀가 10대라는 이유로 임금을 제때 주지 않고, 때로는 성희롱을 하기도 했습니다. 곤란해 하고 있는 소녀에게 누군가가 다가와 유인하는 겁니다. 괜찮은 일자리를 소개해 줄 테니 오라고, 돈도 미리 빌려주고 먹고 자게 해주겠다고요. 이 누군가는 성매매 알선업자일 수도 있고, 또래 친구일 수도 있고, 또 스마트폰 채팅으로 알게 된 상대일 수도 있습니다. 그가 누구든 간에 오갈 곳 없는 소녀는 그 사람의 말에 이끌려 성매매에 쉽게 유입될 수 있는 것이죠.

성매매를 합법화한 국가는 어떤가요?

성매매를 합법화한 네덜란드, 독일, 호주 등의 국가에서는 성매매 합법화로 인해 오히려 성 산업이 확장된 것으로 나타났습니다. 또한 성매매여성에 대한 처우 개선의 효과는 미미했으며, 오히려 늘어난 수요를 충족시키기 위해 여성에 대한 인신매매가 증가한 것으로도 확인되었습니다. 이로 인해 최근에는 성매매를 규제하고 불법화하는 방향으로 정책을 추진하고 있습니다.

성매매 피해 여성들은
어떠한 지원을 받을 수 있나요?

우선, 업소 단속이나 긴급 구조 등으로 성매매업소에서 벗어난 여성은 성매매 피해자를 지원하는 기관에 연계됩니다. 상담소에 연계된 성매매여성은 업소에서 발생한 법률 문제를 해결하기 위해 법률 지원을 받습니다. 또 신체적 질병과 우울증 등 심리적 문제 해결을 위한 의료 지원도 받게 됩니다. 쉼터에 머물면서 심리 치유나 상담, 일상을 잘 영위하기 위한 다양한 교육과 프로그램에도 참여하게 됩니다. 그리고 진로 프로그램과 직업 교육을 통해 기술을 배우기도 하고, 자활지원센터의 공동작업장이나 인턴십 프로그램에 참여하며 성매매가 아닌 다른 일의 경험을 쌓기도 합니다.

이렇게 다양한 과정을 통해 성매매 피해 여성들은 점차 내면의 힘을 쌓아나가고 자기 자신을 성장시켜 성매매가 아닌 다른 일을 하면서 스스로의 힘으로 살아갈 수 있게 됩니다.

그 과정에서 탈성매매여성들이 겪는
어려움은 어떤 것들이 있나요?

성매매 피해 여성들이 업소에서 벗어나 사회로 나오게 되었을 때 마주하는 어려움은 굉장히 다양합니다. 앞서 이야기한 대로, 업소에서 발생한 빚 문제로 인해 업주에게 지속적으로 소송을 당하는 경우가 대표적이지요. 기존에는 성매매를 전제로 제공된 선불금을 원천적으로 무효화시키는 '채무부존재 소송' 등으로 문제 해결이 가능하기도 했습니다. 그러나 최근에는 대부업을 이용하는 등 업주들의 수법이 교묘해져 성매매로 인해 불법적으로 발생된 채무라는 것을 증명하기 어려워진 상황입니다.

또 탈성매매여성들은 성매매로 인한 각종 질병과 우울증, 낮은 자존감 및 사회성 등 신체적·정서적·사회적 어려움을 경험하게 됩니다. 장기간의 업소 생활로 대중 교통을 이용하거나 스스로 요리를 하거나 은행에 가는 것을 어려워하는 등 일상생활을 영위하는 데 문제를 겪기도 합니다.

무엇보다 탈성매매여성들이 두려워하는 것은 사회적 낙인입니다. 성매매여성이었다는 사실이 알려지는 순간, 업주로부터 다시 고소당할 수도 있고, 직업을 가질 수 있는 능력과 자격을 갖추었더라도 취업이 안 될 수도 있고, 사랑이나 우정을 얻었다가 그 사실이 알려지는 순간 다시 잃을 수도 있고, 이웃으로부터 소외될 수도 있기 때문입니다. 성매매여성은 우리 사회의 차별과 무시, 소외, 기회의 박탈, 따돌림 등의 폭력으로부터 자유로울 수 없습니다.

그래서 탈성매매여성은 성매매업소에서 벗어나 새로운 삶을 살아가기 위해 스스로의 힘을 기르고 있으면서도 이러한 대단한 용기와 노력, 성취를 사람들 앞에 드러낼 수 없는 것입니다.

탈성매매여성들은 어떠한 성장과
변화를 경험하나요?

우리는 일반적으로 '자신의 삶을 스스로 일궈나가는 것'을 '자활自活'이라고 표현합니다. 많은 성매매여성들도 탈성매매 후 다양한 지원을 통해 스스로의 삶을 일구고 있지요. '자활'은 어느 순간 도달하여 끝나거나 눈에 보이는 성과가 있거나 하지 않을 수도 있습니다. 하지만 많은 여성들이 자신의 삶을 살아가는 순간순간 자신이 자활하고 있음을, 성장하고 변화하고 있음을 느끼고 있습니다. 우리가 만난 탈성매매여성들은 자활에 대한 자신의 생각, 그리고 스스로 자활을 확인하는 순간을 아래와 같이 매우 다양하게 말하고 있습니다.

A "자활은 평범하게 사는 거라고 생각해요. 물론 평범하다는 것에는 여러 가지 기준이 있겠지만, 그 평범하게 산다는 게 정말 어려운 것 같아요. 제가 아는 탈성매매여성 중에는 결혼해서 아이 둘을 키우면서 학부모로 사는 사람도 있는데, 그런 모습이 평범한 삶이라고 생각해요. 그렇게 사는 게 자활이라고 생각해요."

B "아침에 일어나 저녁 늦게까지 열심히 일하고 주말에는 놀

러 다니는 사람들이 부러워요. 봉사를 열심히 하는 사람, 땀 흘려 일해서 돈을 많이 모으는 사람도 좋아 보여요. 친구가 많은 사람도 부럽고요. 그런 사람들처럼 살게 되면 자활한 것 아닐까요?"

C "저는 내적인 부분의 성장이 자활이라고 생각해요. 여성 단체나 상담소 사람들, 그 외에 다른 여러 사람을 만나면서, 나를 도와주는 사람이 있고 내 용기를 칭찬해 주는 사람이 있다는 것을 확인할 때 내가 강해진 느낌이 들었어요. 내가 내적으로 강해지면 내 스스로가 똑바로 서게 되고, 자립적인 사람이 되어 지역 사회의 한 구성원으로도 잘 살아갈 수 있을 것 같아요."

D "저는 초등학교밖에 나오지 못했어요. 성매매업소를 나와 여러 가지 공부를 하면서 학교에 다시 가야겠다는 생각이 들었어요. 학교를 더 다니면 취업이나 사회 생활에서 선택의 폭이 넓어질 것 같아요. 그래서 중학교에 다녔고, 고등학교도 다녔어요. 학교 졸업장을 받거나 자격증을 따는 순간 자활했다는 자신감이 들었어요."

E "성매매여성이었던 제가 성매매가 얼마나 큰 폭력인지를 깨닫고, 성매매에 반대하는 목소리를 내게 되면서, 자활했다는 느낌을 받았어요. 우리 사회의 성 산업은 이미 규모가 너무 커요. 성매매업소

라는 간판만 안 달았지, 여러 가지 변종의 유사 성매매업소도 많아요. 어린이들이 학교 가는 길에도 유사 성매매업소의 전화번호와 여성의 벗은 몸이 실린 명함이 뿌려지는 것을 보셨을 거예요. 이렇게 성매매업소와 유사 성매매업소가 많다는 것은, 그만큼 많은 여성들이 성적으로 착취당하고 있다는 뜻이기도 해요.

앞으로는 우리 가족이나 친구가, 이웃이 아무리 가난하고 갈 곳이 없어도 안전한 삶을 살 수 있도록 성 산업을 다 무너뜨려야죠. 그러기 위해선 사람들에게 더 적극적으로 성매매 문제를 이야기해야 된다고 생각해요. 성 구매를 하게 하는 기업이나 집단의 문화가 사라지고, 개인도 그런 유혹에 흔들리지 않도록 말이에요.

⚕ 성매매 피해자 지원 체계

성매매 피해자

상담 및 의료·법률 지원	자활 및 취업지원	주거지원	숙식 및 귀국지원	상담 및 의료·법률지원 숙식·자활지원
상담소 26개소	자활지원 센터 10개소	그룹홈 12개소	외국인 지원시설 1개소	일반지원 시설 25개소 / 청소년지원시설 14개소 대안교육기관 2개소

연계   연계

성매매방지 중앙지원센터   여성가족부   지방자치단체

출처 《성매매특별법 10주년 성과와 과제(2014)》

⚘ 성매매 피해자 지원 기관 연락처

성매매 및 폭력 피해자 보호를 위한 긴급 전화

1366 여성긴급전화
- 성폭력·가정폭력·성매매피해 신고접수 및 긴급상담
- 긴급피난처 임시보호 및 관련 시설 연계

117 학교 여성폭력피해자 긴급지원센터
- 학교폭력·성폭력·가정폭력·성매매 관련 신고접수 및 법률·의료지원 상담

1388 청소년전화
- 청소년 고민상담 및 가출, 학업중단, 폭력피해 등 위기 상담

긴급 구조, 상담 및 의료·법률 지원 관련 도움받을 수 있는 곳

서울

서울특별시 다시함께상담센터	02-814-3660	www.dasi.or.kr
여성인권상담소 소냐의집	02-474-0746	www.sonya.or.kr
반성매매인권행동 이룸	02-953-6279	www.e-loom.org

부산

(사)여성인권지원센터 살림	051-257-8297	wom-survivors.org
부산여성지원센터 꿈아리	051-816-1366	www.bjwb.co.kr

대구

(사)대구여성인권센터 상담소 힘내	053-422-8297	himne.org
대구광역시 여성회관 민들레상담소	053-430-6020	www.mindlle.net

인천

(사)인권희망 강강술래 부설 희희낙락상담소		
	032-877-8297	www.kksoole.net

광주

(사)광주성매매여성인권지원센터 부설 성매매피해상담소 언니네		
	062-431-8297	www.gj8297.com

대전

(사)여성인권티움 느티나무	042-256-8297	nuteenamoo.org

울산

울산YWCA 울산성매매피해상담소	052-249-8297	ywca8297.kr

경기

(사)수원여성의전화 부설 어깨동무	031-222-0122	www.suwonhotline.or.kr
(사)경원복지회 부설 성매매피해상담소 with us		
	031-742-1366	happywithus.org
두레방	031-841-2609	durebang.org
(사)에코젠더 부설 여성인권센터 쉬고		
	031-957-6117	www.shego.or.kr

강원

(사)강원여성인권지원공동체 춘천길잡이의집		
	033-243-8297	www.chgil.co.kr

충청

천안여성현장상담센터	041-575-1366	www.ddd3.co.kr
충북여성인권상담소 늘봄	043-257-8297	www.bombom.or.kr

전라

전북여성인권지원센터 부설 현장상담센터		
	063-282-8297	yonggamhan.org
여수여성인권지원센터 새날지기	061-662-8297	
	happylog.naver.com/saenalgiki.do	
(사)순천여성인권지원센터	061-753-3644/3654	www.nanuricenter.or.kr
목포여성인권지원센터 성매매피해상담소		
	061-276-8297	blog.naver.com/jnwoman

경상

마산YWCA 경남여성인권지원센터	055-246-8297	www.sangdam8297.or.kr
(사)경남여성회 부설 여성인권상담소		
	055-273-2241	www.kwik.co.kr
경북성매매피해상담센터 새날	054-231-8297	www.saenal8297.or.kr

제주

(사)제주여성인권연대 부설 제주현장상담센터 해냄		
	064-702-8297	www.jwr.or.kr

샨티 회원제도 안내

샨티는 사람과 사람, 사람과 자연, 사람과 신과의 관계 회복에 보탬이 되는 책을 내고자 합니다. 만드는 사람과 읽는 사람이 직접 만나고 소통하고 나누기 위해 회원제도를 두었습니다. 책의 내용이 글자에서 머무는 것이 아니라 우리의 삶으로 젖어들 수 있도록 함께 고민하고 실험하고자 합니다. 여러분들이 나누어주시는 선한 에너지를 바탕으로 몸과 마음과 영혼에 밥이 되는 책을 만들고, 즐거움과 행복, 치유와 성장을 돕는 자리를 만들어 더 많은 사람들과 고루 나누겠습니다.

샨티의 회원이 되시면

샨티 회원에는 잎새·줄기·뿌리(개인/기업)회원이 있습니다. 잎새회원은 회비 10만 원으로 샨티의 책 10권을, 줄기회원은 회비 30만 원으로 33권을, 뿌리회원은 개인 100만 원, 기업/단체는 200만 원으로 100권을 받으실 수 있습니다. 그 와에도,

- 추가로 샨티의 책을 구입할 경우 20~30%의 할인 혜택을 드립니다.
- 신간 안내 및 각종 행사와 유익한 정보를 담은 〈샨티 소식〉을 보내드립니다.
- 샨티가 주최하거나 후원·협찬하는 행사에 초대하고 할인 혜택도 드립니다.
- 뿌리회원의 경우, 샨티의 모든 책에 개인 이름 또는 회사 로고가 들어갑니다.
- 모든 회원은 샨티의 친구 회사에서 프로그램 및 물건을 이용 또는 구입하실 때 할인 혜택을 받을 수 있습니다.
- 샨티의 책들 및 회원제도, 친구 회사에 대한 자세한 사항은 샨티 블로그 http://blog.naver.com/shantibooks를 참조하십시오.

산티의 뿌리회원이 되어
'몸과 마음과 영혼의 평화를 위한 책'을 만들고 나누는 데
함께해 주신 분들께 깊이 감사드립니다.

뿌리회원(개인)

이슬, 이원태, 최은숙, 노을이, 김인식, 은비, 여랑, 윤석희, 하성주, 김명중, 산나무, 일부, 박은미, 정진용, 최미희, 최종규, 박태웅, 송숙희, 황안나, 최경실, 유재원, 홍윤경, 서화범, 이주영, 오수익, 문경보, 최종진, 여희숙, 조성환, 김영란, 풀꽃, 백수영, 황지숙, 박재신, 염진섭, 이현주, 이재길, 이춘복, 장완, 한명숙, 이세훈, 이종기, 현재연, 문소영, 유귀자, 윤홍용, 김종휘, 이성모, 보리, 문수경, 전장호, 이진, 최애영, 김진회, 백예인, 이강선, 박진규, 이욱현, 최훈동, 이상운, 이산옥, 김진선, 심재한, 안필현, 육성철, 신용우, 곽지희, 전수영, 기숙희, 김명철, 장미경, 정정희, 변승식, 주중식, 이삼기, 홍성관, 이동현, 김혜영, 김진이, 추경희, 물다운, 서곤, 강서진, 이조완, 조영희, 이다겸, 이미경, 김우, 조금자, 김승한, 주승동

뿌리회원(단체/기업)

주/김정문알로에 KIM JEONG MOON ALOE CO. LTD.   한경재단   design Vita

사단법인 한국가족상담협회·한국가족상담센터   생각과느낌 소아청소년 성인 몸 마음 클리닉

PN풍년   경일신경과 | 내과의원

회원이 아니더라도 이메일(shantibooks@naver.com)로 이름과 전화번호, 주소를 보내주시면 독자회원으로 등록되어 신간과 각종 행사 안내를 이메일로 받아보실 수 있습니다.

전화 : 02-3143-6360 팩스 : 02-338-6360
이메일 : shantibooks@naver.com

정박해 있는 배는 안전하다.
하지만 배는 그러자고 있는 게 아니잖은가.
오늘 나는 조금 더 행복해지기 위해
두렵지만, 내가 선택한 삶으로
한 발짝 더 내딛기로 했다.